伯父様の書斎

舘　淳一

幻冬舎アウトロー文庫

伯父様の書斎

目次

第一章　美肉の相続鑑定

女が服を脱ぐと、微《かす》かに線香の匂いが漂っていた部屋に、ふいに濃厚な香水の匂いがたった。

洋風の書斎だ。三面の壁は天井までの造りつけの書棚になっていて、そのてっぺんまでぎっしりと本が詰まっている。天井はかなり高いので、この部屋に入ると誰もが本にのしかかられるような威圧感を覚える。

日はとっぷり暮れて、分厚いカーテンをひいた室内は書き物机の上のランプの明かりだけで、天井や四囲には闇がどんよりと居座っている。

若者は窓に背を向けるようにして置かれている書き物机の、背もたれの高い濃褐色の革張りの椅子にゆったりと座り、机の向こうで下着姿になった女を、粘りつくような視線で眺めている。

女はもう年増だ。四十になってはいまいが三十五は過ぎているだろう。彼よりは十歳以上、年上になる。

しかし肌の色艶はよい。ランプの光を受けて眩《まぶ》しく輝くようだ。抜けるように白いという形容が、たとえば乳房や太腿のあたり、静脈が蒼く透けてみえる部分にはぴったりである。キメも細かい。このような肌を持つ人種がなぜ黄色人種に分類されるのだろうか、と若者は不思議に思った。

女が脱いだのは黒いスーツと黒絹のブラウス。いまは黒いスリップ姿で、黒いパンティストッキングを脱ぐところだ。

高価な香水の匂いと熟女の肌の匂いがあいまって、男なら頭がクラクラしそうな官能を刺激する芳香が若者の鼻腔をくすぐる。

視覚と嗅覚の刺激によって、若者の股間で、牡獣《おすじゆう》の器官が熱を帯び、膨張している。その結果、ズボンと下着に圧迫される痛みが生じ、どんどんつのってゆく。それを緩和するため、彼は椅子の座りかたを変えた。

(脱ぐことを覚悟して来たのだろうか……)

若者は彼女がパンティストッキングを脱いだ時、そう訝《いぶか》った。ふつう彼女ぐらいの豊熟した肉体の持ち主なら、必ずガードルなどの補正下着を着けるものだ。

——若者が彼女をこの書斎に導いてから三十分が過ぎてのことだ。二人が会うのはこれが初めてだった。

しばらくの間、金銭をめぐる交渉があって、女は若者の厳しい要求にうろたえ、支払い条件の軽減を強く望んだ。自分と若者の父親だった人物との特殊な関係を材料としての懇願。

「つまり、こういうことか。あんたは父の所有物だったと。奴隷ということはそういうことだ。奴隷という言葉が嫌いなら愛玩動物、ペットか。ともかくそういうことなら、あんたは父の遺産の一部だ」

「……」

女は唇を嚙んで俯《うつむ》いた。

若者の欲望が刺激された。サディスティックな欲望が。

「ということは、唯一の相続人であるぼくに継承の権利があると言いたいわけか。なるほど……」

若者が「いかにも」という思いいれで頷《うなず》くと、彼と机を挟んでいる女の頰が紅潮するのが分かった。真珠のイヤリングをつけた耳朶《たぶ》まで桜色に染まった。かなり動揺したのだ。

ここで「そういう意味ではない」などと女が強く否定したら、話し合いは終わったはずだ。彼女がたとえ困惑しているにしろ、明確に否定しないという事実が、若者の気分を高揚させた。

（なんと若く見える女だ……）

彼の父親は、この女の体の上で、肉体を結合した状態で心臓発作を起こして死んだのだ。親しい医師の配慮で、そのことは内密に処理されたものの、たったひとりの遺族である若者には真相が告げられている。そのことを突きつけると女の動揺はさらに増した。つまり若者の父の死は彼女にも責任がある。自分でもそう思っているのは明らかだ。

「分かった。じゃあ服を脱いでみてくれ」

その言葉を耳にした時、女はハッと顔をあげた。華やかな顔だちだ。目はまるく頰も唇もふっくらしている。男好きのする顔だちで、こういう女は水商売に向いているだろうと若者は思った。

「全部、脱いでくれ。誤解しないでほしいが、ぼくに権利があるという物品がどれほどの価値があるか、それを鑑定している。あんたがいう支払い条件の緩和をどの程度にしたものか、それはあんたの体にかかっているんだからね」

若者は自分でも驚くほど落ち着き払っている。この場では女を完全に支配しているという自信があった。

「……」

女は黒いスリップの肩紐を外し、先にブラジャーを外した。それからスリップを頭から脱いだ。若者はふと、この下着は頭から脱ぐのか脚から脱ぐのか、どちらが正しいのだろうかと妙なことを考えた。

今や彼女は黒いパンティ一枚だ。ほとんどレースで作られたようなハイレグカットで穿《は》きこみはやや深く、尻のふくらみを完全に覆うフルサポートタイプ。スリップ、ブラジャーと同じデザインで、つまり三点セットのランジェリーである。

（間違いない。この女、おれの目の前で脱ぐ可能性を考えてやってきた）

だとすれば何の問題もない。

（女は色仕掛けが成功したと考えるだろうし、おれは年上の女の誘惑に負けた、意志薄弱な青年という役割を楽しめばいい。どちらが勝ったのか――つまりどちらが快楽の甘い汁を相手より吸うことが出来たか――は、いずれ明らかになる）

女の手がパンティの腰ゴムにかかった。豊かな乳房はやや垂れ気味だが、それは彼女の豊熟した官能美を損なうほどのものではない。乳暈《にゅううん》は大きく、乳首は暗赤色――暗い薔薇の色を呈している。

（おれの母も、こんなふうだったのだろうか）

若者は腰をかがめ、するりとパンティを脱ぎおろす女の、少し横向きになったところに羞恥を滲ませた姿態を眺めながら、思った。彼は自分の母親の記憶がない。自分が生まれた時の母親の年齢さえ知らないのだ。

女は全裸になった。脱いだパンティを片手に持ち、それで秘毛の三角地帯を覆うようにして、もう一方の手で乳房を隠している。いまや女の体臭は線香の匂いを圧倒して部屋に充満している。

若者はしげしげと女の素っ裸の肢体を眺めた。

豊熟した女のエロティシズムが充満した肉体だ。生気に満ちたその肉は、しかし醜い贅肉ではない。補正下着を必要としない、柔らかそうでいて、みっしりとした肉づきの豊かさだ。それは長くすらりとした手と脚によって日本人ばなれしたプロポーションを見せている。若い頃はなにかスポーツをやっていたのかもしれない。ふくよかな肉体の芯には硬質のバネが秘められているようだ。

「パンティを」

若者は手を差し出した。たぶん彼の父親――血は繋《つな》がっていないが彼を養い育てた――は同じことを要求したはずだ。女の顔に驚嘆し怪しむ色が浮かんだ。

「……」

黙って彼女の体温が残る布片を彼の手に渡した。それをくるりと裏返し、白い液がねっとりと股布の内側に付着しているのを確認した。布が黒いだけにどれだけの分泌があったか一目瞭然だ。むッとするような甘酸っぱい乳酪臭がたちのぼる。健康な女体の深いところから発する匂い。

「なるほど、あんたはそういう女なわけだ」

濡れた部分をあからさまに女に向けると、彼女は思わず両手で顔を覆うようにして秘部が露呈された。恥毛は濃密だ。白い下腹部にこんもりと盛り上がって、ミンクか何かの毛皮のように艶々として濡れたように光沢がある。

「椅子に座って。股をひろげて」

若者の命令に、女はすんなりと従った。秘裂から愛液を多量に分泌していたことを見破られたことで、彼女のなかに残っていた最後の障壁が崩れたようだ。

「そうだな……。足を肘掛けに載せるんだ」

女の顔にますます驚きの色が浮かんだ。

彼女は、つい数日前、留守にしていた洋館に帰ってきた若者が、まさか死期がこんなに早く来るとは思わず未整理のままにしておいた父親が遺したおびただしい写真、日記、文書、ビデオの類をすべて点検したと気がついていない。

「……」

秘部を手で覆ったまま、片膝をウインザーチェアの肘掛けに載せる。もう一方の脚も。若者は彼女の姿を正面から見ているから、その全体像は裾のひろがったMの字に見える。

「手は……頭の上に」

「ああ……」

ようやく苦悶の声にも似たかすかな喘ぎ声が女の唇から洩《も》れた。顔をそむけながら両手が上にあげられ腋窩《えきか》が見えた。その部分は黒く翳《かげ》っている。それを剃らせないのが彼の父の好みだった。

秘毛に囲われた唇に似た器官から白い液が溢《あふ》れ続け、会陰部を濡らし、アヌスを濡らし、さらにウインザーチェアの座面に滴り落ちる。一糸纏わぬ裸身を自分より十歳以上も若い青年の目にさらす女の表情は何か苦しみに耐えるもののようで、同時に陶酔の色が強く匂いたった。磨きあげられた大理石を思わせる太腿に、蛙の切断した脚に電流を流した時のような痙攣が断続的に走り、腰や尻はまるでつのる尿意をこらえるようにうねる。

ルルルル。

突然に机の上の電話機が鳴って、それまでの室内の静寂をうち破った。女の体がピクッと跳ねた。目が大きく瞠《ひら》かれて電話機を見つめた。それがまるで突然の闖入者でもあるかのように怯《おび》えた表情。

「そのままでいるんだ」

命じておいて若者はハンドセットをとりあげた。

「はい、鳴海《なるみ》です」

電話線の向こうから届いたのは女の声だった。

「はい、俊介《しゅんすけ》です。……ああ、亜梨紗《ありさ》姉さん。お久しぶりです」

若者は最初、少し驚いた様子を見せ、やがて嬉しそうな情熱をこめて答えた。

「ああ、そうでしたか。いえ、お姉さんのほうからは、あなたは連絡がとれないところにいる——というお話を聞いていましたが、お仕事がら、日本におられないのではと思っていました。やはりそうでしたか。え、明日……？　はい、それはかまいませんが、遠いところをわざわざいらしていただくのは恐縮です。……ええ、ではお待ちしています。家のほうにおりますので。……そうですね、ぼくは父の遺産の問題など片づけなければならないことがありますので、しばらく汐見《しおみ》にいます。ええ、まだ決めてはいないのですが、やっぱり塾のほうは閉鎖することになると思います。……はい、はい。詳しいことは明日、お目にかかった時に。では……」

ハンドセットを戻して通話中を示すランプが消えた電話機を見つめ、若者はしばらくものを思うふうだったが、ふと思い出したかのように、目の前で大股びらきのポーズをとらされ、生殖溝全体を露呈する姿勢でいる熟女を眺めた。愛液はもう尻を濡らしている。肌の匂いはさらに濃厚に鼻腔から若者の官能を刺激する。

「では、継承する遺産の一部を、もう少し詳しく調べさせてもらうか。いったい幾らの価値があるものか。果たして父が設定した価格にふさわしい肉体なのか」

若者の父が設定した価格というのは彼が所有していた不動産の一つ、駅前にある店舗の賃料のことだ。彼の父は礼金敷金もとらず彼女にその店を貸し、二年間、一銭もとらなかった。

息子は今日、その女と会い、賃料が一銭も払われていないことを理由に立ち退きを迫り、さらにこれまでの未払い分もまとめて請求したのだ。

明らかに女は、自分の肉体を彼の自由にさせることによって決済されていたと思っていたから、若者の請求には当惑するばかりだった。もちろんこういう場合、法律的には圧倒的に若者が強い。

たとえば若者の父親とは内縁関係だったというような防衛手段を、この場合はとれない。二人の関係はひた隠しにされていたからだ。

ともかく、相続人である若者の性急な要求を緩和し、これまでの賃料を未払いとして請求されないよう、懇願するしか、女には手がなかった。この若者が熟女の肉体に魅力を覚えるタイプなのかどうか、自信はなかったが試してみる価値はあると思っていたのは確かで、若者はわざとその誘惑に負けてみせたわけだ。

だが女も、それは見せかけの演技で、本当は逝ったパトロンよりも冷酷で残酷な素顔が隠されていることをすぐに知ることになる。

「来い、ここまで」

彼女に向ける言葉はいつのまにか強い命令口調になった。

「……」

椅子から立ち上がった女は素足でカーペットを踏み、おぼつかない足どりで机を回って若者の前に立った。

「ケツを見せてもらおう。姿勢は分かるな」

その言葉で女にも、ようやく彼が亡き父親の遺品の中から自分に関する記録を見たのだと得心がいったに違いない。でなければ何から何まで元のパトロンと同じことを要求するわけがない。

「……」

両袖の大きな書き物机の右袖側に向かって女は体を倒し、手を天板について支えた。

若者は自分の右に体を伏せた素っ裸の女から立ちのぼる、熱を帯びた肌の匂いを嗅いでさらに昂ぶった。

「このケツか。父が惚れたのは……。え？」

脂のよく乗った豊満そのもののみっしりした臀肉《でんにく》を若者は右手で触れた。撫《な》でた。それから強く摑《つか》んで揉《も》むようにした。まるで家畜の仲買人が市場で品さだめする時のような手つきで、肉のつき具合を確かめる。

「こうされたんだろう」

ビシ。

平手で強く叩かれ、

「あうッ」

女は思わず悲鳴をあげた。覚悟はしていたものの、やはり打たれると体が反応してしまう。

「ふむ、叩きがいのあるケツだ……」

若者は女の体があるのとは反対側の左袖の一番下の抽斗《ひきだし》を開けた。

「父は何を使った？　手か、定規か、それとも鞭《むち》か？」

抽斗の中を探りながら訊くと、女は囁《ささや》くような、わずかに震える声で答えた。震えるのは声だけではなく、全身が小刻みにわなわなと震えている。

「最初は手で、それから鞭とラケットを……」

「なるほどね。ではラケットを試してみるか」

卓球用のラケットを取りだし、右手に握り、かざした。

バシッ！

「ひッ！」

まるい臀丘《でんきゅう》を叩かれると女は悲鳴をあげた。カーペットの上で痛みに耐えかねた裸身が足踏みする。

左右十発ずつ打ちのめされると、双《ふた》つの尻朶《しりたぶ》は赤く色づいた。

女は机の端を掴み乳房を冷たい天板におし潰すようにして上半身を伏せ、叩かれる尻はやや持ち上げるように、両足は左右に開く姿勢で若者の残酷なスパンキングを受け続けたのだ。その姿勢をとれと要求されたわけではないのに、条件反射的に自らとった姿勢だ。

だから若者は、次の行為を明確には指示しなかった。再びゆったりと背もたれの高い椅子にふんぞり返るようにして彼女のほうを向き、股を開いた。

「その調子では、次に言うことは分かっているようだ」

「……」

スパンキングを受けた苦痛と屈辱の涙が女の頬を濡らしていた。しかし呼吸はさらに荒い。彼女は黙って若者の前に膝をついた。

女は彼のベルトを緩め、ファスナーをおろして前をはだけ、下着に手をさしのべ、若者の欲望器官に触れた。それまで衣服に圧迫されていた怒張し極限まで膨張した亀頭粘膜を透明な液で濡らしている熱い、脈動する肉を引きだし、顔を股間に埋めるように首をさしのべた。

「ふむ……」

女の口唇による奉仕を瞑想するかのような表情で受けていた若者は、ふいに股間で往復する彼女の頭部を押しのけた。

「仰向けだ」

父親が三十年余りの長い期間使い続けた、黒光りするクルミ材の机の天板に全裸の女を仰臥させた。そのような姿勢をとらされるのが初めてではない女は、両足を広げる形で床に垂らし、濡れそぼる秘唇を若者の腰の高さにさらけだす。

若者は立ち上がり、ズボンを下着ごと脱ぎおろした。

上は白いワイシャツだけの姿になり、怒張した若い肉器官をそびやかしながら机の上に仰臥した女の、開いた股の間に体を立たせる。

ミルクのようだった愛液は、今はほとんど透明になっている。米を研《と》いですすぐ、最後のほうの水のように。

体を覆いかぶせて亀頭の先端を秘唇にあてがう。若者と女は目を合わせた。女の目は怯えたように瞠かれているが、腰のほうは自然に搗《つ》きあげる動きをみせている。待ちきれないのだ。

「では、道具の具合を調べさせてもらう」

ぐいと腰を突きこむと、女は白い喉頸を見せて頭を反らせ、背を反らせ、両手は若者の支えている手に巻きついた。

ぐっさり。

赤銅色のペニスが秘唇をこじあけ、肉の花びらを巻きこむようにしてめりこんだ。

「あうー、うう……」

女のずっしりと重みのある肉がじわっと脂汗を浮かせた。

「ふむ……」

男は年上の女の熱い牝花《めばな》器官を抉《えぐ》り抜きながら、冷静に評価する顔つきだ。彼が腰を使うと迎撃するように女も下腹部をベリーダンサーのように前後に揺すりたてた。淫らなピストン運動による卑猥な摩擦音がたった。

「ふむ、ふむ……」

まるでグルメが、シェフの用意した食材を料理前に生で味わってみるかのように、少し難しい顔になったり、緊張をといてリラックスしたようになったりしながら、長い時間楽しんだ。

明らかに女は、彼が自分より先に果てると思っていたらしい。だが、先に汗まみれになって呻《うめ》き悶えたのは女のほうだ。

「感度はいい。締まり具合もいい。父が遺してくれたものの中で最高は、この体かもしれんな……」

やがて沈着さを保ってきた彼の額にも玉の汗が浮いてきた。ぽたぽたと女の白い乳房に雨のように滴り落ちる。頑丈な机がギシギシと軋む音をたてた。濡れた粘膜に粘膜がこすれあう卑猥な音が断続し、女の声がしだいに切迫したものになってゆく。

「あう、あ、ううう、あうー……ッ！」

女の声はもう途切れもせず喉奥からふり絞るようにして吐きだされている。

「さて、どこに出してほしい。子宮にぶっかけていいのか」

若者が訊くと、女は彼の二の腕にすがりつくようにして答えた。

「大丈夫です、ご主人さま……あのかたがピルを……」

「なるほど、父はそこまでぬかりなかったか」

数ストロークして若者のピストン器官は強く締めつけられた。

「うああ、あうーッ！」

ついに屈服させられた女体がギューッとのけぞり、四肢の末端まで何度もオルガスムスの痙攣を走らせた。

「こいつは……たまらん。おう、ううむ、む……！」

若者はきつく唇を嚙むようにして激しくラストスパートの腰をつかい、ばしばしと下腹を熟女のそこに叩きつけるようにして昇りつめた。

「う、れ、しい……ッ」

若者の噴射を感じた女はひしと濡れた体にしがみつく。唇と唇が密着した。舌がからみあう。ドクドクと精液を女に送りこみながら若者は舌を吸い、唾液を啜《すす》った。

——書斎の書棚を仕切る太い柱に、人の顔の高さに鏡がとりつけられていて、そこには机の上でからみあう二つの肉体のオルガスムスの震えを映しだしていた。その鏡を見る人間がいたら、一瞬、レズビアンの行為を眺めているかと思ったかもしれない。

若者は長めにボブカットした長髪で、前髪をおろしている。その容貌は端正で、よほど近くで見ないと女性かと思い惑うほどの美貌だ。

しばらくして女が呟いた。

「まさか、息子さんのあなたが……」

「くく」と若者が嗤《わら》った。

「こんなサディストだと思っていなかったか」

「ええ」

「父は言っていなかったのか、ぼくのことを」

「いえ、あまり聞いたことはありません」

「なんという父親だ。……いや、死んだ者を悪く言うのはよそう。とりあえずあんたのような愛玩物を遺してくれたことを感謝しなければならんのだから。こうやってあんたを可愛がるのが、せめてもの親孝行になるかもしれない」

黙っていても締めつける器官に繋げたまま、若者は最後の一滴まで絞りつくされる感覚を楽しんでいた——。

第二章　黒い濡れ下着

神崎《かんざき》亜梨紗は何年かぶりに故郷の港町、汐見市に帰った。

この街で歯科医として開業していた父親はすでに亡く、母親は湘南の姉の嫁ぎ先に同居している。亜梨紗が東京の大学にいる間、生家は取り壊され、更地にされて人手にわたった。

もう生家が無いのだから、生まれ故郷であっても自分をここに繋ぐ根は切れている。帰ったというより、訪ねた、というほうが正しいかもしれない。

昼すぎに到着してJRの駅を出ると、駅前広場からの眺めは記憶とはガラリと変わった光景で、これが自分の生まれ育った土地かと思うようで、懐かしさよりも、自分が他所者になったのだという虚しい気持が強かった。

かつては有数の遠洋漁業の基地だったが、工業港が完成して以来、街の様相が変化してしまったのだ。

小さなスーツケース一つで駅から客待ちのタクシーに乗った。

「鶴舞、お願いします」

市街地を抜けたタクシーはすぐに海岸沿いの国道に出た。初秋のよく晴れた日で、右手に海、左手に海岸段丘の連なる風景がはるか彼方まで眺望できた。

しばらくして段丘の上に白い校舎が見えてきた。東京に本校がある、この地方では名門のミッションスクール、聖グロリア学園高等部である。

亜梨紗は中学、高校の六年間をこの女子校で学び、大学は東京の本校にある大学部へ進んだ。それが七年前のこと。彼女は既に大学を卒業して、いま二十五歳である。

母校からこれから訪ねる家へは、高等部にいた二年間、毎週三回、通い続けた。家とは反対方向になる。ある時は心ときめかせ、ある時は重い足取りで。東京の大学に通うようになってから、亜梨紗はあまり帰省せず、してもすぐに東京に戻った。帰省している時も、いま向かっている、市の北にある海岸沿いの地区には来たことがない。こうやって訪ねるのは実に七年ぶりということになる。

「鶴舞のどちらですか」

懐旧の想いに圧倒されている娘に運転手が尋ねた。

「郵便局を越して一本目。海岸通りに入ってください。鳴海英語教室という看板の家で」

「ああ、鳴海先生のところ。この前亡くなったんだってね……」

それでこの若い女客は黒いスーツに黒いストッキングという装いなのだと得心したようだ。さほど広い都市ではない。特に葬儀ともなればタクシー運転手は情報が伝わりやすいのだろう。

「身内のかた？」

「ええ……、どちらかというと教え子かしら」

思わずあいまいな口調になってしまった。

「塾の？」

そう訊いたのは、これから弔問に訪れる当の死者は、かつて聖グロリアの教師でもあったからだ。この運転手は鳴海健吾《けんご》の消息にかなり通じている。

「ええ、塾です」

「それじゃあさぞかし英語が上達しただろうね。ちょっと怖い先生だったそうだけど、鳴海先生に教わると英語の点数がよくなると評判だったから」

「ええ、まあ……」

確かに運転手の耳にしている評判はあたっている。実際、それまで絶望的だった亜梨紗が本校の大学にすんなり進学できたのは、彼の教えのせいだ。もちろん欧州に本社のある航空会社のフライトアテンダントという職業につけたのも。

やがて見慣れた洋館の門前にタクシーは停まった。門の表札は〝鳴海〟とあり、その横に木の板にペンキで書かれた〝なるみ英語教室〟という文字が、塩分を含む風雨に洗われて薄くなっている。

近隣の光景はずいぶんと変わっていたが、建物と門、庭のたたずまいは最後にここを訪ねた時とさほど変わらない。いろいろな記憶がどっと甦ってきて、ようやく、亜梨紗の胸に締めつけられるような思いが溢れてきた。

つい一週間前に亡くなったこの家の主は鳴海健吾といい、母方の伯父であった。

六十五歳で世を去った彼が人生の後半を過ごした家は、かつてこの地方の銀行の頭取だった実業家が所有していたものだ。

前庭に屋根庇のかかった車回しを持つ二階建て洋館と、平屋の和風建築が繋がった、昭和初期に多い和洋折衷スタイルの邸宅である。洋館は一階が褐色のペンキを塗った横羽目板張りで、二階はモルタル塗りハーフティンバーの壁。戦後建てられたものだが、もう五十年近い年月が過ぎ、傷みは隠せない。

健吾は生前、洋館のほうに居住し、平屋のほうは受験を目的とした中学、高校生のための塾の教室としていた。

この伯父は若くしてイギリスに留学した経験を持つ英語の教師で、やがて姪が通うことになる聖グロリア学園の高等部で長いこと教鞭をとっていた人物である。

亜梨紗が中等部に入ると入れ違いに退職し、しばらくしてここに英語塾を開いたのだ。生徒は近隣の中学生から高校生まで。

最近はこういう地方都市にも大手チェーンの受験塾が進出してきたから、生徒数は減少の一途をたどっていたが、最晩年まで生活に困らない程度の生徒を集め得ていたのは、やはり英語教師としての能力が買われていたからだろう。

門扉の鉄柱にとりつけられたインタホンを鳴らすと、健吾の息子でただ一人の遺産相続人である俊介が玄関から姿を現した。彼にはすでに昨日電話して、今日の弔問を告げてある。

「亜梨紗姉さん、わざわざいらしていただき、どうも……」

東京からの弔問客の来訪に合わせて黒い背広を着たところだったらしく、いとこの俊介はネクタイの結び目を気にするような仕草で門までやってきて扉を開けてくれた。

背はさほど高くなく、体格もほっそりしている若者だ。亜梨紗は目をみはった。

（えっ、俊介さんって、こんな美青年だったっけ……）

この家を最後に出たのが七年前だから、それ以来ということになる。

さほど印象に残る個性の持ち主ではなく、どこかオドオドして、機会さえあればすぐ引っこみたがるような、そういう気弱なところだけが記憶に残っている、柔和というより柔弱な感じのする少年だった。

ふつう、いとこ同士という関係であれば、もっと頻繁に顔を合わせるものだろうが、俊介は彼女と血が繋がった縁戚ではない。

亜梨紗だけでなく他の親族もどこか彼とは疎遠なのは、健吾がよほどのことでもないと親戚づきあいをしない人物だったからでもあるが、そういう理由のせいでもあったろうか。

つまり、俊介は健吾の養子なのだ。

子供のいなかった健吾は、孤児として養護施設で育った十歳の少年を引きとって養子にした。

だから健吾の冷ややかで知的な紳士的風貌は片鱗もない。とはいえいま目の前に見る俊介は、梨園の出と言われても通用するような、スッキリと鼻筋のとおった白皙《はくせき》の青年となっていた。髪はロングのボブカットで前髪をおろしている。〝やおい〟〝BL〟と呼ばれるジャンルのコミックに登場する若者めいた、甘く柔和な雰囲気が匂う。

(ずいぶん印象が変わった……)

どぎまぎした亜梨紗は、俊介についての記憶があまりにも欠けていることにも当惑せざるをえなかった。

かつて二年もこの家に通っていながら、自分より三歳年下のいとこの存在を、当時の亜梨紗はあまり気にかけたことがなかった。今になって、その頃、この家でほとんど彼の姿を見かけなかったのは、どういうことだったのだろうか——と彼女は初めて不思議に思った。

あの頃は中学生になっていた俊介は、部活か何かで遅くに帰宅していたからだろうか。それとも養父が意識して彼を姪の視野から遠ざけていたのか。

俊介は養父の生前、ほとんど親戚の前に姿を現すことはなかった。

亜梨紗がこの町に暮らしていた間、年下のいとこと口をきいたことは数えるほどしかなかったはずだ。

若い頃に短期間で破綻した結婚生活のあと、独身をとおしてきた健吾は、孤独な老後の面倒をみさせるという利己的な思惑のせいで養子をとったのだと、身内の誰もが思っていた。

「俊介という子もかわいそうに。母親がわりになる人もいない独身男の家にもらわれ育てられるとは……」

と一族の誰もが同情したものだ。

養親というのは夫婦そろっている家庭でなければならないはずだが、健吾の身許が確かなものとして特別に許可されたのだろうか、詳しい事情を知るものはいない。一族の間で独立独行タイプの健吾の財産の行方を気にするものはいなかったから、俊介が養子になったことについて何か問題が生じたということはない。

俊介のほうは養母がいない環境でもすぐ適応したようで、外から見るかぎりなんの問題もなかったはずだ。たとえ独身男に養育されるとしても、養護施設で暮らすのよりはましな環境だったのではないだろうか。

公立高から地元の公立大に進ませてもらい、三年前、アメリカ東海岸の大学へ奨学金による留学を果たした。

ただ、アメリカの土を踏んでからは、養父の死まで一度も帰国しなかった。

おりから体力が衰えてきた養父が、自分のかわりに塾の面倒をみてくれるよう頼んだが俊介は受けいれなかったとも聞いた。結局、心臓発作で倒れた伯父は、三年もの間、養子の顔を見ないままあの世に行ったのである。

――黒いスーツの亜梨紗は、まったく見違えるほどの若者に成長したいとこに、玄関先で深く頭をさげた。

「このたびは本当にご愁傷さまでした。連絡をいただいていたのに、留守をしていて葬儀に出られず、遅れてやってきました。ごめんなさいね……」

「いいんですよ。亜梨紗姉さんも国際線のフライトアテンダントなら、日本にいる時のほうが珍しいんじゃないですか。東京からわざわざ汐見まで来ていただけただけでも、先生は喜んでいるでしょう。さあ、線香をあげてやってください」

若者は養父のことを「先生」と呼ぶ。それは健吾が生前、引きとってからすぐそう躾けたのだ。健吾の真意はいまとなっては知るよしもないが、奇妙な躾けかただとみんなは思ったものだ。何か家族というより、かつての書生のような感じで違和感を抱かずにはいられない。

俊介は自分より年上の弔問客を玄関に迎え入れ、洋館一階の応接間に導いた。

以前は和風家屋のほうに仏間があったのだが、そちらを教室に改造したため、応接間に祭壇をしつらえ、葬儀に参列できなかった弔問客に対処するようにしているようだ。白布を掛けたテーブルの上には故人の遺骨と位牌、遺影が飾られていた。葬儀は市営の斎場で、健吾の父祖からの宗旨、浄土宗でとり行われたはずだ。

伯父は万事、洋風の生活を好んだので、できればキリスト教的な葬儀を好んだのではないかと思いながら、立った姿勢で亜梨紗は霊前に手を合わせた。

(伯父さま、結局、あれから一度もお目にかかれないでお亡くなりになられたのですね。私の伯父さまに対する気持の整理がつかなかったのです。もし、それで気分を害されたのであれば許してください。たぶん、私は伯父さまに愛されたのでしょう。あれが一つの愛情の表現だったと思うことにします。ですから愛していただいたことにお礼は申しあげます。どうぞ安らかにお眠りください。南無阿弥陀仏……)

遺影は、薄い皮肉な笑いで姪の祈りに応えているようだった。最晩年の、生徒たちと記念撮影した時の写真を伸ばしたものだというが、亜梨紗の記憶に残る、最後に見た七年前の伯父の姿とほとんど変わっていない。

「亜梨紗姉さん、汐見には泊まってゆかれるんですか」

焼香が終わるまで神妙な顔で控えていた俊介が訊いた。

「六時の列車で東京に帰るつもりなんだけど……」

「それは残念ですね。せっかくの帰省だというのに……。お父さんが亡くなられて以来、亜梨紗姉さんはこちらにほとんど来られてないでしょう？」

「そうね。母は湘南の姉のところで暮らしているし、父の墓もそっちに建てたから、こちらには法事や墓参りで来る機会もないの。遊びに来るとしても、友達もそれぞれの生活があって、みな疎遠になってしまったでしょう。喜んで会いたいという人もいないのよ」

若い喪主は自分より年上の美しい親族を眩しいような目で眺めながら言った。

「長くお引き止めするつもりはありませんが、まだ時間に余裕がおありでしたら、先生の書斎で少しゆっくりしていらっしゃいませんか。亜梨紗姉さんは個人授業を書斎で受けられていましたね。懐かしいと思われるものが残っているかもしれません。ぼくもいろいろお話ししたいことがありますし。なに、教室のほうも当分は閉めてますから、今日は静かですので……」

伯父の書斎は、出来ればひと目覗いてから帰りたいと思っていた。自分が口にする前に俊介が奨めてくれたことでホッとした。勇気を出してここまで来たからには、あの書斎をいま一度見ることが義務のような気がした。

この機会を逃せば、何しろ古い建物だ。相続した俊介はいつとり壊すかもしれないから、二度と見られなくなるかもしれない。

「そうですね。ご迷惑でなければ少しお邪魔してゆきましょうか……」

「じゃあ、どうぞ、向こうで寛いでらしてください。いま紅茶を淹《い》れてきますから」

俊介は廊下の奥へ姿を消した。そちらに食堂兼用のキッチンがあり、浴室とトイレがある。二階には健吾と俊介の寝室。塾の生徒は庭に設けられた小門から教室に出入りして、原則としてこちらにやってくることはない。

ただ、亜梨紗だけは他の生徒と交わることなく、表玄関から入って、彼の書斎で四時間におよぶ個人授業を受けていたのだ――。

何年ぶりかで表面に彫刻のある古めかしいドアの前に立つと、亜梨紗は思わずノックしそうになった。中に伯父がいるわけはないのに。

亜梨紗が通ったのは塾の授業が始まる前の五時で、健吾はたいていこの部屋にいた。

今も、中にいて姪の到来を待ち受けているような錯覚を覚える。久しく会わずに急に亡くなった場合、その人がこの世にいないという実感はなかなか湧いてこないものだ。

ノブを回すと、かすかに軋みながらドアが開いた。古い書物と使い古されたカーペットの埃っぽく黴臭いような匂いが鼻をついた。

（ここは、昔のままね……）

部屋に入って周囲を見回した亜梨紗は、しばらく凝然と立ちつくした。数年前の、まだセーラー服を着た女子高生だった頃の記憶が奔流となって胸に溢れた。

天井の高い、二十畳ほどの洋室である。窓は上下にスライドする式で、庭木の間から海が眺められる。今は開いているが、ここで個人授業を受ける時はいつも、それは閉ざされて、外光は高窓からしか入ってこなかった。薄暗い室内は、いつもデスクのランプが点《とも》されていた。天井から吊られた照明は書棚の本を探す時以外は点されることは少なかった。

壁の三面には天井までの書棚が造りつけになって、そこにはぎっしりと書籍や雑誌が並べられ積み重ねられていた。健吾は英語教師であると同時に、比類のない読書家でもあったのだ。

部屋の隅には大型の石油ストーブが置かれていて、それだけが新しい型のものになっていたが、他の部分はまったく亜梨紗が最後にこの部屋を出た時と変わっていないように思えた。

ふつう、机は窓に向かうように置かれるものだが、健吾は個人授業のためか、窓を背にして座る位置に机を置いていた。その上で人が寝そべることが出来るような大きな天板を持つがっしりした机で、教えを受ける亜梨紗は、ドアを背にして椅子に座り、机を挟んで伯父と向かい合って過ごした。

今はまだその季節ではないが、石油ストーブは早めに焚き始められるのが常で、その上に置かれたケトルがチンチンと蓋を鳴らしながら湯気をあげていたものだ。おかげで亜梨紗はこの部屋の中で、全裸でいる時も——来るたびにそうさせられていたので、この部屋で過ごした時間としては、服を着ているより全裸でいる時間のほうがずっと長かったが——寒さを味わったことがない。

今も、机の前には教え子を迎えるかのようにウインザー調の肘掛け椅子が置かれている。亜梨紗は机に歩み寄って、その上に置かれたものを見つめた。

定規。

製図用の厚いプラスチック製で、目盛りは二十インチまで刻まれている。もとは透明だったのが微細な傷がついて曇ってしまったそれを、健吾は長いこと愛用していた。室内のあちこちに置かれた調度と同じ、イギリス留学の間に買ったものの一つなのだろう。

机の上にあるのは、卓上カレンダー、ペン立て、ゴムの大きな下敷き、そして定規だけだ。

（伯父さまは、最近までここで授業をしていたのかしら……？）

しばらく定規を手にしてその表面を撫でていた亜梨紗は、ふと思いだして机の向こう側に回り、右袖の一番上の抽斗を開けた。

そこにはペンや鉛筆、クリップなどの文房具が入っている。だが亜梨紗の見つけたかったものは見つからなかった。

（伯父さま、習慣を変えたのかしら？）

耳をすませて俊介の足音が聞こえないことを確認し、左袖の一番上の抽斗を開けようとした。そこだけは鍵のかかる抽斗で、今はガッチリと鍵がかかっている。

（それじゃあ）

左袖の一番下の抽斗を開けた。すっと開いた。

「やっぱり、まだ……」

思わず呟いていた。

中には短い麻縄の束が数本、入っていた。それと革で作られた手錠。

ふつうの縄や手錠なら肌を傷つけるが、これだとその恐れが少ない。長時間、不自由な姿勢で拘束する時、伯父はこれを用いた。

さらに卓球のラケット。ごくふつうのものだが、どちらの面のゴムもテカテカと光っている。多くの少女たちの臀部に叩きつけられて、肌の脂を吸っているのだ。

その他には、光沢のある黒絹のリボン。

教え子の誰かが裁断し縫い合わせて作ったものだろう。幅は十センチ、長さは六十センチぐらい。薄い絹を何枚も折り重ねてあるので、これで顔を覆われると視野は真っ暗になって何も見えない。

つまりこれは目隠し用のリボンなのだ。

(これは、私が作ったものではないけれど……)

亜梨紗は黒い絹布を鼻に近づけた。かすかに化粧品の香りがするようだ。見ると、最近まで使われていた形跡がある。

(伯父さまはいつまで、誰にこれを使っていたのかしら……?)

急死した一週間前まで、ここで誰か——たぶん昔の亜梨紗のような少女が、これらのものを使われていたのだろうか。

だが、まだ抽斗の中に残っていたものをとりあげ、亜梨紗は眉をひそめた。

パンティだ。

それも黒。ほとんどレースで作られて、クロッチと秘丘を覆う部分だけがわずかに薄いナイロン。形はハイレグでフルサポート。

(これは、高校生ぐらいの女の子が穿くパンティじゃないわね)

亜梨紗は好奇心を覚え、くるりと裏返しにしてみた。

「えーッ」

思わず驚きの声をあげてしまった。

股布の部分に薄めた糊のような白い分泌物がねっとりとこびりついている。誰かはしらないが、このパンティを穿いていた女性は激しく発情したのだ。

ごく自然に、嫌悪感も覚えずに、亜梨紗はその汚れの部分に鼻を押しつけていった。

ツンと鼻を刺激する酸っぱい匂い、それにチーズの匂いがまじる。さらに香水の匂い。麝《じゃ》香《こう》系の官能的な芳香だ。それらがまじりあって、女の亜梨紗でも頭がクラクラしそうな刺激的な匂いを醸しだしている。

その部分がまだ湿り気を残しているようだ。少し時間がたてば、布にこびりついた分泌物は乾ききってカサカサになるものだ。

(この匂い、この香水……。絶対に若い子じゃない)

人妻、それも三十代の熟女だろう。黒いということは水商売なのか。それとも喪服に合わせた色なのだろうか。だとしたらこの邸にやってきた弔問客だろうか。どうもそっちの可能性が高い。

（じゃあ、これは伯父さまとは関係のない女性のものなの？）

亜梨紗は首を傾げ、眉をさらにひそめねばならなかった。

このパンティは、まだ穿いていた女性のぬくもりが感じられそうなほど生々しい。ということは少なくともここ二、三日の間、ひょっとしたら昨夜にもこの抽斗に入れられた可能性がある。

（だとしたら、俊介さんということになるけど……）

伯父が急死したのは一週間前。ベッドで死んでいるのを通いの家政婦が見つけたと本葬に参列した姉は聞いてきた。

養子の俊介はロサンジェルスのＵＣＬＡ、カリフォルニア大ロサンジェルス校に留学中だ。連絡がついたのは翌日、帰国は伯父の死の三日後だった。葬儀が四日目で、いまはその三日後。

この洋館には四日前から俊介が寝泊まりしていることになる。

（俊介さんがこんなものを入れるかしら？）

彼が亡父の遺品を整理するというのは分かる。だとしたらこういうものは逆に見られないように隠してしまうものではないだろうか。

（彼ではないとしたら、誰が？）

ふいに背筋に寒けを覚え、亜梨紗はぶるッと震えた。

（まさか伯父さまが……？　そ、そんなことはあるわけが……）

急死した人間は魂魄《こんぱく》をこの世にとどめることが多いという。人生に未練を残すからだ。ひょっとしたら伯父は自分が死んだことを知らずに、夜な夜なこの書斎に……。

（バカなことを……。だとしたらこのパンティの持ち主は誰だというの）

禍々《まがまが》しい考えを締め出した亜梨紗は、しばらくぼんやりとその場に立ちすくんだ。

（もしかしたら、私と同じように伯父さまの授業を受けた誰かが、弔問にやってきて……）

亜梨紗同様、懐かしさからこの書斎に入りこんだことは考えられる。

（そうだとしたら、その人も、この抽斗を開けて、道具の類を見て触れていろいろな思い出に襲われたことだろう。それが引き金となって激しく発情したかもしれない。きっと、そうなんだわ）

濡れたパンティをなぜこの場で脱ぎ、自分を責めた道具の入っている抽斗になぜそれを入れておいたのだろうか。その心理は理解出来ないが、あるいは彼女なりの鎮魂の儀式だったのかもしれない。

だとしたらその女性は亜梨紗よりせいぜい一、二歳年上、二十七歳前後ということになる。そういう年代の女性が穿くパンティだろうかという疑いもあるが、今のところそういう可能性ぐらいしか思いつかない。

（そうだとしたら、その人もまた、この部屋で忘れられない経験を味わったのね。私以上に……）

亜梨紗にしても、いま現在、発情していないとは言えない。ひとつひとつのものを見るたび、それをどのような格好で眺めていたかを思い出してしまう。そうすると子宮の芯が疼くようだ。

それだけ、この部屋で体験したことは淫らだったということだ。

（私だって、ここで初めて味わったことは数えきれない。処女を失なったのだってここだったし……）

彼女の脳裏に、再び、いろいろな思い出がぐるぐると渦巻き、ぱッと閃いては消えていった。彼女はウインザー調の椅子に腰をおろして湧きだしてくる記憶の洪水に思念をゆだねた——。

——亜梨紗が健吾の個人教授を受けることになり、この部屋にやってきたのは、聖グロリア学園の二年生になった春のことだ。

一年生の時、亜梨紗は内分泌系の器官に異常が認められて三カ月の長期入院をさせられた。出席日数ではかろうじて進級できたものの、特に英語の成績が悪く、担任と英語科の教師からは、このままでゆけば両親の願いである東京本校への進学は難しいと言われてしまった。

首都圏の夢見山《ゆめみやま》市にキャンパスのある本校、聖グロリア学園女子大へは、系列校であれば成績優秀なら推薦だけで進めることになっている。その目安は英語の学力で学年の上位五十人のなかに入ること、さらに総合学力では平均を上回っていること。

そもそも聖グロリア学園は、英語教育の充実をうたって創立されたミッションスクールだけに、学科のなかでもなによりも英語の成績が重視されるシステムなのだ。

そうなると深刻なのが英語の成績だ。さすがに心配した親たちが考えついた策が、母親の兄である健吾に預けることだった。

鳴海健吾は、塾の生徒のなかでも、一人か二人、特別な事情のある生徒には個人授業を施していると聞き、亜梨紗にそれを受けさせようと考えたのだ。

健吾は社交嫌い、狷介《けんかい》な性格で、しかも相手の欠点をズバズバ指摘する教師気質が嫌われ、親族の評判はよくなく、実の妹である亜梨紗の母親でさえ敬遠気味だった人物だ。しかし英語教師として非常に優秀だと評判だった。彼の教え子たちの各種検定試験における合格率はきわだっていた。客観的に評価された能力なのだ。

定年を待たずそれまで勤めていた聖グロリアの英語科教師をやめたのは、ひとつは人間関係で学校当局との軋轢《あつれき》があったためであるが、もうひとつは自分の理想とする教育法を実践してみたい——という理由だったという。

退職後、我が家を改造して始めた『なるみ英語教室』は、なかなか評判がよく、順調に生徒を獲得していた。

英語検定試験の結果が、塾で学ぶ生徒の場合、抜きんでて良いことから志望者が殺到し、亜梨紗が個人授業を受けた頃は塾の定員三十人——それが健吾が受けいれられる生徒の限界だという——は常に満員で、長い待ちリストが出来ていた。

亜梨紗としては、もともと非常に気難しく酷薄そうな容貌をもつ伯父を恐れる気持が強く、彼の個人授業を受けることにのり気ではなかったが、親に説得されて「耐えられないならやめてもいい」という条件つきで、ともかく四月から通うことになった。

——最初の個人授業の時、自宅なのにキチンとツイードの背広を着、ワイシャツにネクタイという伯父の姿は、それだけで亜梨紗を萎縮させるに十分な威厳の持ち主だった。くぼんだ眼窩の奥の目は猛禽のそれのように鋭い光で怯えた少女を射すくめるようだった。

額が禿げあがり、痩せて背の高い老人——当時はまだ五十代だから初老の域だったろうが、女子高生の目には七十近い魔法使いの老人のように見えた——の前で、亜梨紗は簡単な口頭試問を受けた。その結果は惨憺《さんたん》たるもので、

「ここまで基礎がダメな子は珍しい。見込みが薄い」

と言われた時、亜梨紗は惨めさが極まって泣きだしてしまったぐらいだ。

魔法使いのように見える老人がまだ十六歳の少女に文字どおりの魔法をかけたのは、それからだった。

彼は、落ちこんでしまった少女に、やや慰めるような口調でこう言った。

「とりあえず一カ月は私の特別のやりかたで教える。これは医者が病気を治すようなものだ。おまえの頭は、今は、覚えなければいけないことを受けいれないようになっている。それを覚えさせるためには、少し手荒なことをしなければいけない。つまり癖を直すためにお仕置きをする。それを覚悟してもらうがいいか」

それが体罰を伴なう授業だと知って、甘やかされて育った少女は戦慄した。健吾は体罰を伴なう独自の教育法の構想を、伝統的に体罰に寛容なイギリスで得たらしい。

「女の子だから、見えるところにお仕置きはしない。傷をつけたりもしない。お仕置きを与えられることによって、おまえの眠っていた英語吸収力が目覚めるのだ。信じなさい」

それは催眠術に似ていた。伯父の鋭い眼光に射すくめられるようにして、十六歳の少女はコクリと頷いていた。

そして週に三回、月、水、金曜の五時に伯父の書斎を訪ねることになった――。

第三章　拘束の体罰指導

翌日から健吾は、窓のカーテンを閉ざし、厚いドアに閉ざされた——授業中は誰にも邪魔されないように、そして生徒が逃げだせないようにと、内側から鍵をかけるのが常だった——密室の中で、セーラー服を着た少女を徹底的にしごき始めた。

若い女性の助手がときどき来る以外、自分ひとりで三十人を教えるのだから、個人授業はその合間を縫うことになる。

塾の始まるより一時間前に亜梨紗のための個人授業は始まった。

独自の教育法というわりには教材は学校で使うものと同じものだった。

簡単な復習テストが最初にある。その結果を健吾が見、即座に体罰がくだされた。

最初の体罰は太腿だった。

当然、覚えていなければいけない、理解できていなければならないところを何カ所か忘れたり間違えたりしたのを指摘されたあと、

「スカートをまくって腿を出しなさい」

健吾は命じた。

もじもじためらったあと、出来のよくない生徒は、おそるおそる制服の襞《ひだ》スカートをまくりあげた。その頃は内分泌系にきく薬の副作用で、やや過食気味だったから、むっちりと肉のついた太腿だった。

「ライドの過去形は？」

「ライデド……」

健吾はプラスチックの定規を右の腿の中央部に打ち降ろした。

ピシッ！

鋭い痛みに少女は飛びあがって悲鳴をあげた。

「ああッ！　痛いッ」

「バカもの！　この程度のことで声を出すな。声を出したら二度叩く」

健吾はきびしく叱りつけた。

（いやだ、こんなの。やめる。帰ったらママに言って、もう来ない！）

亜梨紗は最初の一打でもう、こんな体罰を受ける気を無くしてしまった。

「言うんだ。ロード。アール、オー、ディー、イー」

「ロード、アール、オー、ディー、イー……」

「書いてみろ」

「……」

「では、現在形から言ってみろ」

「ライド、ロード、ロード……」

「違う」

　また定規が腿に叩きつけられ、亜梨紗は「ひッ」と悲鳴をあげそうになったが、必死になって嚙み殺した。

「過去分詞はリドゥン。アール、アイ、ディー、ディー、イー、エヌ」

「リドゥン、アール、アイ、ディー、ディー、イー、エヌ」

「では書いてみろ」

　──こんな調子で間違った部分を徹底的に覚え直させる。二十題の問題を全部終えるまでに亜梨紗の両の太腿は真っ赤になって焼けるようにヒリヒリし、最後のほうはパンティが見えないようにスカートのたくしあげかたを調節することなどまったく考えられなくなった。くやし涙が溢れて頬はぐしょぐしょだ。それでも健吾はいっこうに気にするふうがない。

　そのうち、塾の生徒たちがやってきて、教室のほうに行かねばならなくなる。

「では、私がいない間、独習だ。耳で聞いて口で答える」

机の上に二台のテープレコーダーが置かれた。

一台は再生専用。教科書の文章をまず健吾が読み上げ、次に一文節ずつ読む。亜梨紗はそのあとについて読まねばならない。その間、もう一台のテープレコーダーが録音モードで回転し続ける。亜梨紗の発音はすべてそちらに録音される。

朗読が終わると、今度は英語で、その文章の内容についての質問がなされる。イエスかノーで答える簡単なものもあれば、自分で適切な単語を挙げなければならない場合、ちゃんとした会話の文章で答えなければならない場合といろいろだ。彼がいない間、そのテープを聞きながらリスニングと会話の勉強を独習するわけだ。

システムを説明したあと、健吾は机の抽斗から麻縄の束をとりだした。

厳格な英語教師は少女が座った椅子の背後に立ち、命令した。

「亜梨紗。両手を横に広げてみろ」

「……？」

なにをするのか分からないまま、少女はセーラー服の両腕を左右に伸ばした。その右手を背後から摑んだ健吾が右手首に麻縄の端を輪にして巻きつけ、ぐいと背もたれの後ろに回し、さらに左手を摑んで同様に背後に回し、手首同士が重なるように縛りあげた。

「あッ」

つまりは椅子の背もたれを後ろ手に抱くようにして縛られたわけだ。亜梨紗は動転した。そんなふうに縛られた体験はかつてなかった。一瞬、パニックに陥った。

健吾は姪の前に立ち、いかめしい顔で縛った理由を告げた。

「私はこの部屋にいない。誰も見ていなければ、おまえは分からなくなればテープレコーダーを操作して止めたり、もう一度聴き返したりできる。教科書や辞書を読むこともできる。しかし、そういうやり直しやカンニングをすればするほど力はつかない。英会話は瞬発力、集中力がものをいう。一回しか聞けないとなるとおまえも全身で聴く気になるだろう。答えるための時間は問題の難しさ、易しさに比例して空けてある。縛られていることなど気にしていたら、問題に答えられないぞ。さあ、やれ」

塾を経営している男は二台のテープレコーダーを同時にスタートさせると、椅子にくくりつけられた形で身動きできない少女を残して書斎を出ていった。

それから一時間、亜梨紗は必死になってテープレコーダーから再生される英語に耳を傾け、問題に答えようと必死になった。半分も答えられないうちにテープは終わり、亜梨紗は呆然となってしまった。その問題がきわめて易しいものだということは分かる。なのに答えられない。自分の会話能力がまったくなっていないことをイヤというほど思い知らされ、縛られていることよりそちらのほうが恥ずかしく、屈辱的だった。

一時間して、教室のほうの休憩時間に戻ってきた健吾は、少女の縛《いまし》めを解いた。

今度は教科書を読み、別の紙に記された問題に答えを記入する方式だった。これは辞書や参考書を見てもいいが、問題の意図をまず的確に理解しないと答えられない問題ぞろいだった。

また一時間の時間を与えられ、亜梨紗は必死になって問題ととり組んだ。

教室のほうは二時間で終わる。健吾は戻ってくると亜梨紗の解答用紙をとりあげて添削した。次にテープレコーダーを巻き戻し、亜梨紗が答えたことすべてについて、厳しく批評しながら正答を教えた。

最後に、この二時間に与えられた問題にどれだけの点数しかとれなかったかを計算し、結果は三十五点と出た。

「では、六十五回、お仕置きだ。立つんだ」

定規を手にした健吾は恐れおののきながら立ちあがった姪を、自分の座っている椅子のすぐ右側に、机に向かって立つように命令した。

「スカートをめくれ。もう腿のそっち側は叩けない。裏側を叩く」

確かに太腿の前面はさっきのお仕置きで真っ赤に腫れあがったところが、色は薄くなった

もの の、まだヒリヒリと痛む。そこを叩かれずにすむと知って亜梨紗はホッとして、言われたとおり襞スカートの裾を摑んでたくしあげ、太腿の後ろが見えるようにしていった。

パンティが見えるか見えない程度にあげさせたところで、健吾は椅子に座ったまま、右手に定規をかまえ、亜梨紗が間違えた個所を読み上げ、正答を告げて、亜梨紗にも復唱させてから、まだ色づいていない太腿の後ろを叩いた。

もちろん、この時も悲鳴をあげたり暴れたりすることは許されない。たちまち亜梨紗の目には涙が溢れ、視界がぼやけた。

泣きながら、ともかく規定された回数だけ早く打ち終えてもらいたかった。一刻も早く、この悪夢のような仕置き室から出てゆきたかった。そうして母に話して、この屈辱と苦痛に満ちた授業を辞めさせてもらう。そのことしか頭になかった。

六十五回、同じ強さで叩かれたら皮膚は裂けるかもしれない。健吾の打ち据えかたは巧みだった。強弱のリズムをつけ、初めて叩く部分は強く、二度目、三度目と叩かれる部分は弱く叩いた。

五十回もすぎると腿のほうが余白部分がなくなった。

そうなると健吾はぐいと襞スカートをたくしあげ、パンティに包まれた臀部を丸出しにしてしまった。

「いやッ」

下着を見られる恥ずかしさに叫んでしまったが、あわてて押さえようとする手はがっしりと意外に力強い伯父の手に制せられてしまった。

バシッ。ビシッ。

パンティの上から尻を叩かれ、痛みよりも恥ずかしさで頭がボーッとなってしまった。最後のほうは痛みが増してきて、そうなると恥ずかしさより、そこが布一枚で覆われ防護されているだけでもありがたかった。

六十五回の定規による打擲《ちようちやく》が終わると、健吾はしばらく、そのままでいるように命じて、机の上で紙片にサラサラと英文を書いていった。書き終えるまでの十分ほど、亜梨紗はスカートをまくりあげてパンティに包まれた尻をさらけ出したまま、その一帯のひりひりと火傷をしたような、熱感を伴なう痛みに耐えていた。

健吾が書いたのは、翌々日の次回の授業までに暗記しなければいけない教科書の一節とその部分の理解に必要な単語、文法、イディオムなどの説明だった。暗記した結果が悪ければ、それは次回、懲罰の対象になる。

帰宅を許されたのは九時に近かった。

その時には塾の生徒たちは全員帰って、洋館には健吾と亜梨紗、それにどこにいるのか物音もしないが、健吾の養子である俊介がいるだけだった。帰る時まで養子の気配はどこにも感じられなかった。

帰りのバスの中では、打ちのめされた尻と腿が敏感になっていて、彼女はずっと立ったままでいなければならなかった。

家に帰ったら、さっそく母親に伯父の個人授業はもう受けない——と宣言するつもりだったが、どういうものかいざ家族と顔を合わせると、伯父のことを口にすることが出来ず、「どうだった」と訊かれて「勉強になった」と答えてしまったのは、自分でも意外なことだった。

入浴すると、打たれた肌はほとんど回復して、わずかに滲み部分があるだけだった。翌日にはすっかり痕跡もなかった。

だからといって二回目の授業には積極的な姿勢で行ったわけではない。屠所《としょ》にひかれる羊のように、暗い気持だったことは間違いない。

必死で暗記した文章も、いざ伯父の前で暗唱させられると、突然、単語が出てこなくなりパニック状態になり、さんざんな出来だった。前回の宿題でそこそこ出来たのは筆記によるものだけだった。

「まだまだ、罰がたりないのかな。よほど脳の回路が錆びついている」

健吾は、まるで錆を落とすかのように、めくりあげたスカートの下のむきだしの腿をビシビシと叩きのめした。必死になって唇を噛みしめて悶える少女は、もう一度、完全に暗記できるまで拘束を解かないと言われ、今度は前より厳重に、後ろ手に縛りあげられてしまった。つまりセーラー服の袖の上から二の腕を体側に密着されるようにきっちりと胸の下にまで縄をかけられたのだ。それはテレビのドラマなどで見る、誘拐されたり襲われたりする女たちの姿そのままだった。

思わず、亜梨紗はこれが授業の一環なのだということを忘れた。自分がこの古びた洋館の主に拉致され誘拐され監禁される哀れな人質のような気がした。

しかし、そうやって抵抗出来ないように縛りあげ、椅子にくくりつけてしまっても健吾はあたかも縄が透明で目に見えないかのようにふるまい、授業を続けた。縛られて抵抗出来ないのをいいことに、もっと屈辱的な懲罰を与えるわけではなかった。

前回と同じように一時間放置され、テープレコーダーから聞こえてくる英語の文章に耳をすまさなければならなかった。

不思議なことに、今回の問題は前より難しいはずなのに、亜梨紗は前よりもよく理解出来た。英文が耳に入ってすんなりと理解出来るのだ。

そのことは戻ってきた健吾も認めた。驚いたことに筆記テストの成績も悪くなかった。

「ようやく体が本気になり始めたか」

そう言いながらも、その日の五十六点という成績によって、亜梨紗は四十四回の定規による打擲刑を受けた。

翌日、学校の英語の授業を受けながら、亜梨紗は教師の言っていること、何を説明しようとしているのかということを理解している自分に気がついて驚いた。

伯父から出された宿題にとり組む時、いつのまにか亜梨紗はスカートの下に手をやって太腿を撫でている自分に気がついた。

「忘れたと思ったら、私にその時叩かれた場所を触ってみろ、そうしたら思い出すことが出来るはずだ」

伯父はそう言った。確かにそのとおりだった。まるで目に見えない点字が肌に刻みこまれていて、亜梨紗の指先が微妙な肌の凹凸を感知して、それを読みとってゆくかのようだった。あやふやな記憶がハッキリした形になって補強されるのだ。

母親は亜梨紗が下着に神経質になったのを少し不思議に思っただけで、それ以上のことを疑わなかった。スカートをたくしあげると伯父の目にパンティがさらされてしまうので、少女はどうしてもそれを意識して、常に清潔なパンティを穿くようにしなければならなかったのだ。

さらに導入された教授法は目隠しだった。

「こういうものを作ってきなさい」と、黒い絹地を渡された。その布地を何重にも畳んで幅十センチほどのリボンを作れというのだ。何がなんだか分からないまま、母親のミシンを借りて縫いあげたそれを持ってゆくと、発音と聞きとりの時間にそれで目隠しをされた。

「音を記憶しようとする場合、目から余計な情報が入らないほうが聴覚が鋭敏になるからだ」と伯父は言った。

確かに、その状態でリスニングのテストをされると、不思議とそれまで聴きとれなかった語句までが聴きとれるのだ。簡単な暗示だが、信じやすい少女はたちまち伯父の指導法に絶対の信頼感を抱いてしまった。

健吾は自分の教室でもその方法を生徒全員にやらせているという。それだけだったら目を瞑《つぶ》らせただけでもいいような気がするのだが、意図的に視覚を奪うことが大事なのだ、と伯父は言ったものだ。

――二年生になって最初の中間テストで、亜梨紗は英語科の教師がカンニングを疑うほどの優秀な成績を収めた。

分からない部分になると、いつものように腿の打たれた部分をそっと撫でては記憶を確かめながら答を記入していったのだ。教師がカンニングを疑ったのはもっともで、痛みを伴う仕置きによって記銘作用を強め、痛みの記憶と共に再生される、条件反射的な回路を脳のなかに刻みこむ――それが健吾の考えだしたいっぷう変わった教えかただった。

この奇妙な記憶術の成果は、亜梨紗に強い感銘を与えた。

(伯父さまは間違っていない。すごい……)

亜梨紗はその時点で完全に健吾にマインドコントロールされてしまった。以後はどんな命令にも逆らうことなく、進んでより厳しい体罰を受けるようになった。

六月、衣替えのシーズンを迎え、亜梨紗のセーラー服が半袖の夏服になった時に、伯父はセーラー服のよく似合う美少女の姪に、彼女が一瞬、耳を疑うような新しい教授法による授業を始めると告げた。

「授業の時は、着ているものを全部脱いで、裸になって私の授業を受けるのだ」

唖然としている亜梨紗に、好色な印象をこれまで一度も与えたことのない、謹厳そのものの紳士的風貌をもつ初老の英語教師は説明した。

「本来はザ・ペダゴジック・イン・ヌードというのだが、まあヌードレッスンと呼んでおこう。これは、身体的精神的なハンディキャップを与えることで学習能力を開発する技法の一つだ。つまりスポーツ選手が酸素の薄い高地で練習するのと同じようなものだな。人間、裸でいると気が散る。それは当然だ。おまえも恥ずかしいから勉強どころではないと思うだろう。だが集中している時は、裸でいてもそのことは忘れてしまう。つまりそれぐらい集中しなければ能力というのは伸びない。意図的にハンディキャップを与えられることで、それを克服して能力を伸ばす一つの方法が、このヌードレッスンなのだ」

健吾が言うには、彼がイギリスで英語教育について研究している時に知った教授法だという。もとはといえばスポーツ選手、あるいはダンサーなどの鍛練法の一つだったというが、あるチェス教師が自分の弟子たちに応用したところ、女性、それもとくに羞恥心の強い女性ほど効果があり、めきめきと腕前をあげたという。

そういう実例を見聞きして、健吾もヌードレッスンなる教授法を日本でも試してみようと思ったが、あまりにも誤解を受けやすい。もちろん公的機関である学校の生徒に試すなど論外である。私塾を開いても、ダイレクトな形でこの教授法を導入するにはまだまだ無理がある。

そこで、これまで、一対一の特別授業を受けた生徒だけに、彼らの親たちにも口外せぬように秘密を守らせてから、実践を積み重ねることにした。

しかし、いかに教え子たちの英語力をアップさせるか、日夜心を砕いてきた健吾はヌードレッスンにかわるハンディキャップを与え潜在的な能力を高める教授法として、私塾のほうでもいくつかを試してきた。

　手を縛る、目隠しをさせる、間違えた時に必要以上の体罰を与える——これまで亜梨紗が受けた奇妙な授業のスタイルは、みなこの原理に基づいている。そして、それらが実際に顕著な効果を示しているのは、亜梨紗自身、身をもって知ったことだ。

「おまえが受けるとしたら、この方法の五人目だ。前の四人はみな成功している」

　つまりヌードレッスンで教えを受けた四人の先輩がいるということだ。

「一番最近は鷹栖《たかす》瑛子《えいこ》だ」

　伯父が挙げた最近の一人は、その年、英語での入試が難関として知られる一流大の国際学部に合格した、グロリア学園の二級上の先輩だった。

（えーッ、あの鷹栖先輩が伯父さまの前で裸に……!?）

　亜梨紗はまた耳を疑ってしまった。

　彼女の父親は地元新聞社のオーナーだった。亜梨紗は近寄りがたい気品さえ漂わせる知性的な美少女である鷹栖瑛子に秘《ひそ》かな憧れを抱いて、遠くから眺めていたものだ。

「おまえだから見せてやる」

　伯父はポケットから自分のキーホルダーを取りだし、その一つを選んで机の右袖の一番上の抽斗にかかっていた錠を外した。おもむろに中から一枚のポラロイド写真をとりだして机の上を滑らせて亜梨紗の目の前に置いた。

「……！」

亜梨紗の目は飛びでそうなぐらいにまるくなった。確かに憧れの先輩——鷹栖瑛子が、全裸で机の前に立っている写真だったから。

身に着けているのは、腕時計とスリッパだけ。あとは布きれ一枚、体を覆っていない。やや恥じらうように少し俯き加減に、健吾の机を背にして直立している。両腕は背に回されて見えない。明らかに後ろ手に縛られている。

（あの先輩が、伯父さまのレッスンを受けいれたなんて……）

しかし、その証拠がここにある。亜梨紗は伯父のとっぴな教育法に抵抗する気持が失くなった。

鷹栖瑛子は難関を突破出来たのだ。伯父に素直に従っていれば、自分も鷹栖瑛子ほどではなくても、今は高い目標である全校での上位五十人のなかに入れそうな気がした。

「どうするか。どうしてもイヤならヌードレッスンはやらない。そのかわり体罰はもっと厳しくなる。ハンディキャップ法というのは、最初のハンディでは効果がなくなり、どんどん厳しくしてゆかないといけない欠陥がある」

そう言われては、苦痛に弱い亜梨紗の選択肢は一つしかない。

「はい、やります」

健吾は満足そうに頷いた。

「では、今度の連休が終わってから、ヌードレッスンに入る」

――その夜、自分のベッドの中で亜梨紗はなかなか寝つかれなかった。

毎回、五十回はくだらない定規での打擲刑は、いまはすっかり臀部に集中するようになっていた。まだパンティは脱がされたことはないが、それでも寝る頃までには痛みはひく。そして不思議なことに、むずむずするような感覚が生じてくるのだ。

そういう感覚が生じると、少女は思わず手を下腹へと伸ばし、パンティの上から秘部に触れてしまうのが常だ。

伯父の授業を受ける前から、こっそりオナニーに耽《ふけ》るようになっていた。

テレビなどで刺激的なベッドシーンを見てしまった時、マンガや少女雑誌の読み物で恋人同士が愛撫やキスするシーンを目にした時、それに刺激される形でごく自然に自分を愛撫して快感を得る方法を発見していた。

最初は罪悪感を感じていたが、そのうち級友たちや雑誌からの情報で、清潔にして行なうオナニーは悪いことではないのだと教わり、眠れない時などに楽しむようになった。といっても週に一度ぐらいのことで、なんとなく気持がよい――という程度までで、まだハッキリとしたオルガスムスを味わったことはなかった。

性的には、亜梨紗はわりとオクテだったということになる。

ところがその夜、伯父から見せられたポラロイド写真を瞼《まぶた》の裏に再生させているうち、激しい欲望——もっと自分の快感の源泉をいためつけてみたいという欲求が生じて、いつもより露骨にクリトリスへの圧迫を強めていった。

その結果、思わず「ああ、うッ」と呻き声をあげ、鋭い感覚が全身を走りぬけ、頭の中が真っ白になってしまった。

それが亜梨紗の生まれて初めて味わった、C感覚——クリトリス刺激によるオルガスムスだった。

そして、その時脳裏に展開していたエロティックな像——伯父の書斎で全裸にされ、後ろ手に縛られている美しい先輩、鷹栖瑛子の姿——が彼女の性的欲望の原点としてすりこまれてしまった。

それまでは後ろ手に縛られることは、抵抗出来ないことによる不安や恐怖と結びついていたが、その時から次第にマゾヒスティックな性的願望を生む、特定の儀式へと変化していったような気がする。

第四章　屈辱の全裸レッスン

連休明けになると気候も温暖になり、閉めきった書斎の中なら全裸でいても寒さを感じない気温になった。

そして、全裸レッスンの最初の日がきた。

さすがに伯父の目の前でセーラー服を脱ぐのはためらわれた。それを察してか、伯父は、席を外している間に亜梨紗に全裸になるよう命じた。

数分後、健吾が書斎に戻ってきた時、少女は母親ゆずりの白い裸身をすべてさらして、生徒用の椅子にきちんと座っていた。

「よろしい。では復習テストからだ」

姪の姿を一瞥して、彼女が下着一枚身に着けていない裸だということを確かめると、それからは彼女の裸身に関心も見せず、英語塾の教師は言った。

その復習テストはさんざんだった。

自分の、内分泌異常の治療による副作用で太っているのではないかと思う肉体に対するコンプレックスのせいだ。十分に膨らんだ乳房、張りだし始めたヒップ、平たい腹部の悩ましい盛り上がりを覆っている、人より濃いのではないかと悩みの種の秘毛、あまり形がよいとは思っていない脚、つまり思春期の少女ならふつうと言えるコンプレックスの塊である肉体を、伯父とはいえ男性の目にさらけ出すということは、羞恥心の強い亜梨紗の思考をかき乱さずにはおかなかった。

「バカもの。服を着ていないというだけでこれほど気が散るということはどういうことだ。これではここ一番というテストの時、実力が発揮出来ないぞ。集中力が足りないんだ、この根性なしめが!」

いらだたしい声と態度で叱責すると、自分の真横にきていつもどおりの体罰を受ける姿勢をとるよう命じられた。

それまでは襞スカートをめくらされ、パンティに包まれた臀部をさらけだすのでさえ恥ずかしかった。今は全裸なのだ。亜梨紗は気が遠くなりそうだった。

いつもの位置で机に向かって前かがみになる姿勢をとると、少女のよく発育した肉体から健康な体臭が立ちのぼり初老の英語教師の鼻腔をくすぐったはずだ。

無造作に健吾は、掌で何も着けていない瑞々しく艶やかな臀丘を打ち叩いた。

「うッ、う……！」

声をあげてはいけないときつく命令されている亜梨紗は、必死に呻きを嚙み殺しながら、数十発の打擲に耐えなければならなかった。

その日の仕置きは、定規は使われなかった。最後まで掌で弾力に富んだ少女の尻肉を叩きのめし続けたのだ。痛みという点ではどちらも同じようなものだった。しかし何かが違った。

（掌のほうがいい）

そういう思いが強かった。

なぜ掌が定規よりよいのか分からなかったが、ともあれ亜梨紗は、伯父の掌で臀丘を打ちのめされることの感触が気にいったのである。

そのあとのリスニングは、後ろ手に縛られて放置されながらだから、自分の裸身をさほど気にすることなく、テープに吹きこんだ答はほぼ健吾を満足させるものだった。

「その集中力を、人がいても発揮出来るようにしなくてはならん。そうだな……」

授業を終えて服を着る段になって、健吾は顎を撫でながら言った。

「練習だ。今夜はそのパンティを置いてゆくのだ。帰る途中、これだけの文章を暗記すること」

伯父は十六歳の少女が穿いていた白いコットン素材のパンティをひょいと取り上げ、自分の机の抽斗にぽいとほうりこんだ。

「あ……」

まだ裸の亜梨紗はあっけにとられ、抗議も出来なかった。

「これはうちに来る家政婦に洗わせるからあとで返す」

そう言いながらサラサラと紙片に英文を書く健吾。

彼は亜梨紗が習っている教科書の文章をすべて暗記しているだけでなく、他のいくつもの英語の小説や詩、名文の数々を暗記していた。

どれだけ横暴なふるまいをされても、そういう超人的な能力を見せつけられることで生徒たちは彼の言うことに従って勉強する気になる。そういうところは、健吾はカルト教団の教祖のような、一種独特のオーラをふりまいていた。

亜梨紗が裸になれと言われたり、パンティを取り上げられたりしても、何も言い返せないのは、そういうオーラのせいだ。

ノーパンのままセーラー服を着た亜梨紗は、洋館を出る前に玄関ホールの横にあるトイレに入った。そこは主に来客用のトイレで、さほど使われているふうがない。健吾や養子の俊介などは二階にあるトイレを使っているのだろう。塾の生徒が使うトイレは教室の横手にある。

スカートをまくりあげて放尿しようとした少女は、その時になって自分の秘部がびっしょりと失禁したように濡れているのに気がついた。

触れてみて匂いを嗅いだ。やや酸っぱい匂いがするが尿の匂いではない。

（えーッ、これって何？）

昂奮したことによる愛液の大量分泌というのを経験したことがない亜梨紗は、かなり当惑してしまった。

ノーパンの美少女はバスに乗って我が家に帰り、再び驚いた。トイレで拭い清めたはずなのに、また同じように秘部が濡れている。

その夜、ベッドの中で十六歳の少女は、このところ、就眠前の儀式になってしまったオナニーを始めて、その液体の由来をようやく理解した。

（これはいま、楽しんで気持よくなった頃に出てくる液と同じだ。だとしたら、私って裸にされてお尻をぶたれている時とか、スカートの中が見られないように気をつけてドキドキしている時、気持よくなっているわけ？　そんなバカな……）

気持よくなった自覚はないが、現実に彼女は昂奮した時と同じような分泌現象を体験している。

しかも、全裸にされて授業を受けた、その日の授業の一部始終を思い返しているうち、十六歳の少女は激しく昂奮してきて、いつもより強烈にのたうち悶え、四肢を突っ張らせるようなオルガスムスを味わってぐったりと脱力してしまった。

(これって、どういうことなんだろう?)

それまでは、伯父の部屋で全裸にされて授業を受けた先輩の美少女、鷹栖瑛子のことを思い浮かべながらオナニーしていたのだが、その夜は自分が主役だった。そうして初めて分かった。

(私、伯父さまに罰せられている鷹栖先輩のことを、自分に置きかえて昂奮していたんだ……!)

つまり、自分も鷹栖瑛子のように恥ずかしい思いをしてみたい——と思っていたわけだ。

(どうしてそんなことで昂奮するの?)

わけが分からなかった。伯父から受ける懲罰はいつでも痛いし恥ずかしい。伯父に命令されてスカートをまくったり服を脱いだりする時は、いつも「もうやめてしまおう」という考えが頭をよぎる。それほど痛く、恥ずかしく、辛《つら》い体験なのだ。それなのに秘部が濡れてしまうというのはどういうことだろうか。

亜梨紗はそこに思いいたって困惑してしまい、しばらく眠ることが出来なかった。まだマゾヒズムという概念を知らないほど未熟だったということだ。

亜梨紗が自分の内部に眠っていたマゾヒズムが目覚めてきたことを自覚する前から健吾のほうはそのことに気づいていたに違いない。

いや、あらかじめそうなるように仕組んでいたに違いない。自分の妹が生んだ娘にはマゾヒズムの血が流れていることを確信していたようだ。

考えてみれば、スカートをまくられて、パンティの上からだけでも尻を打つようなことを平気でやることからして、亜梨紗の反応を計算し予想した教授法の導入だったに違いない。

彼は少女たちの肉体と精神の反応を最初から計算にいれていたように思える。

次回、冷酷な英語教師の懲罰は、亜梨紗の臀部ばかりではなく、よく発達してきた乳房にも加えられるようになった。

乳首に対するペーパークリップ責めだ。

「今日は、フリーカンバセーションだ」

自分で作らせた黒絹のリボンで目隠しをさせた全裸の少女を、後ろ手に縛って椅子に座らせた。

「胸を突きだせ」

そう言われてピンと背筋を伸ばした。てっきり猫背の姿勢を矯正されているのだと思って。

健吾の手が、やや広めの乳暈を持つ乳首に伸びた。十六歳の少女の乳首は自分以外の者の手に触れられたことはなく、乳暈とも清純なピンク色だ。

冷たい物体がその乳首に触れた。

「ひッ……！」

まさかそんなところを触られると思っていなかった亜梨紗は、驚いて体をよじった。その首ねっこを強い力で捕まえられた。健吾が言った。

「動くな。いいか、これから私がおまえに質問する。そうしたら、出来るだけ早く、考えたりせずに答を言うんだ。そのまえに乳首をペーパークリップで挟むからな、少し痛い。ちゃんと答を言い終えたら外してやる。これは日本語で考えず英語で発話する訓練だ。頭で考えようとすればするほど苦しむことになる」

言い終えたとたん、激痛が亜梨紗を襲った。小型のペーパークリップがパチンとばかり亜梨紗の右の乳首を挟んだからだ。

「あうーッ！」

脳の芯まで駆け抜けるような激痛に、亜梨紗は縛られた裸身をビンビンとうち震わせて呻き悶えた。

「アリサ、ホワット・アー・ユゥ・ドゥイング・ヒア？」

格調の高いクィーンズ・イングリッシュで質問が放たれた。

（ええッ、こんな痛いのに、英語で答えろというの？）

乳首を金属のバネで挟み潰される激痛に悶え、涙を流している亜梨紗は、伯父の残酷さが信じられなかった。

しかし、答えなければ苦痛が長びくだけなのだ。亜梨紗の頭脳はフル回転モードに入った。

「アイ……アイ・アム・スタディング・イングリッシュ・イン・マイ・アンクルズ・ハウス」

「ホワット・クローズ・アー・ユウ・プッティング・オン・ナウ？」

「あうう……、アイム・プッティング・ノー・クローズ・オン。アイム・オール・ネイキッド。う……ッ」

「ソー・アーンチュ・ウエアリング・ユア・パンティーズ、アーユー？」

ふだんは苦手な否定疑問に対する答を、この瞬間、亜梨紗は見事に答えていた。

「ノー、アイム・ノット・ウエアリング・マイ・パンティーズ」

「フムム……。OK。ウエルダン」

少女を苦しめていた乳首のクリップが外された。

「あうー……」

しばらくの間、激痛の余韻に呻いていた亜梨紗だが、自分が伯父の質問に驚くべきスピードで答えていたことに驚いていた。

「間違っている部分もあるが、会話はスピードだ。これはいい訓練になることが分かっただろう。では、次だ」

抵抗する間もなく左の乳首にクリップが噛みついた。

「あ、あううッ！」

目隠しされた目から涙を流して苦悶する少女に、さらに英語の質問がとんできた。

《さあ答えて》

苦痛から逃れたいために、亜梨紗はいやおうなしに頭脳をフル回転させ、自分でも驚いたことに、かなり難しい構文で質問されても、理解出来た。

最初は数秒で音《ね》をあげた亜梨紗も、何度も乳首を責められているうち、最初の二倍、三倍と長く耐えられるようになり、その夜の一番終わりには、数分、噛まされていても大丈夫だった。健吾は亜梨紗の見せた反応におおむね満足したようだった。

その日、穿いてきたパンティは再び、伯父にとりあげられ、そのかわりきれいに洗われたこの前のパンティを渡された。

「ただし、これは家に帰るまで穿いてはいけない。そのまま、宿題を暗記しながら帰るのだ。絶対に私の言うとおりにすることだ」

いかに伯父の厳命があろうと、彼の住居を一歩出れば目は届くものではない。どこか物陰でパンティに脚を通すことは可能だったが、結局亜梨紗は、その夜も襞スカートの下にパンティを着けず、言われたとおり英文を暗記しながらバスで帰宅したのだ。

一緒にバスに乗りあわせた客は、亜梨紗を見て勉強熱心な女子高生だと思ったことだろうが、もし彼女がパンティを穿いていなくて、襞スカートのお尻の部分にシミがつくほど秘部を濡らしているのを知ったら、驚いたに違いない。

実際、そのことを自覚して亜梨紗は狼狽し、鞄で襞スカートのお尻を隠すようにして歩かねばならなかったのだから。

翌日、亜梨紗は生理になり、それから二回の授業はナプキンを装着した生理用ショーツを穿くことを許された。いつもより早く生理がきたのは、全裸授業のショックのせいだったに違いない。

通常の英語の授業をここまで逸脱したのに、亜梨紗はもう、自分から授業を忌避しようという気はすっかり失せていた。

それはやはり、自分の英語力が驚くほどのスピードで向上していることに気がついたからだ。

いままで読めなかった文章、聴きとることが出来なかった会話をスラスラと理解出来るようになることは、授業で味わう苦痛と屈辱をさしひいても嬉しいことだった。

生理が終わると、またパンティも許されない全裸で後ろ手に拘束され、プラスチックの定規や素手で、尻の丘が真っ赤になるほど打擲された。

乳首の責めと同様、体のどの部分でも味わった最初は堪え難い痛みと屈辱が、やがてさほどでもなくなった。

逆に、奇妙な快感が生じ、秘部が濡れるのをハッキリ自覚するようになってきた。

眠っていたマゾヒズムが、ついに覚醒したのだ。それは必然的に亜梨紗の性欲をかきたてるようになってきた。

彼女は夢想することが多くなってきた。縛られて抵抗出来ない自分を、誰かが弄《もてあそ》ぶ光景を。

自分がどういう欲望、願望を抱いていたのか、だんだん分かってきた。

オナニーは日課になり、さらに学校の授業の合間に、こっそりスカートの下に手を忍ばせることが増えた。亜梨紗はきまじめな顔つきの、清楚端正な容貌をしていたから、もしそんな淫らなことをしているとバレたら、級友たちはそれこそ腰を抜かすほどに驚いたに違いない。

亜梨紗のほうの変化とは対照的に、健吾のほうは直接的にエロティックな行為をしかけてくることはなかった。特に好色な目で姪の裸身を眺めるというわけでもなく、苦悶する姿を見て悦にいるというふうでもなかった。

（伯父さまにとって、私はそんなに魅力的ではないのかしら……）

そんな劣等感さえ抱き、ついにある日、もっと痩せるためのダイエットに踏みきった。亜梨紗はいま、この冷厳な英語教師である伯父を、自分の支配者であり、異性として認識するようになっていた。それまでのぼせていた自分と同世代の少年アイドルスターに対する興味、関心は薄れ、それは両親を驚かせた。もちろん彼らは、亜梨紗の英語の成績が向上したことを単純に喜んで、個人授業の密室の中で娘が真っ裸にされて縛られ、乳首をクリップで責められながら質問に答えさせられている――などとは夢にも思っていなかった。

一学期の期末試験で、亜梨紗はクラスで十位の成績をあげた。一学年のクラスは五クラス。早くも無試験で進学出来るボーダーラインに到達したことになる。

夏休みに入っても、それまでどおり、週三回の個人授業は続けられた。その日は夏期休暇であるのに学校の制服を着て――健吾はそれを要求した――伯父の洋館を訪ねるのだ。

ある日、ちょっとした異変があった。

いつもどおり書斎に迎え入れられた亜梨紗は、ふと書斎に自分以外の女の匂いを嗅いだような気がした。化粧品の匂いだ。亜梨紗はそういう匂いのする化粧品を用いていない。

（私の前に、誰か、女の人がここにいたんだ……）

不思議に少女の胸を騒がせる官能的な匂いだった。

授業を終え、洋館を後にした亜梨紗は、バス停まで歩く途中で呼びとめられた。

「神崎さん……」

びっくりして足を止めて振り返ると、もの陰から若い女性が姿を現した。ハッとするような都会的な美人だ。

「鷹栖先輩……」

それが今年、東京の一流大学に進学した聖グロリア学園の卒業生、二年上の鷹栖瑛子だと知った時、亜梨紗は今日、伯父の書斎に匂いを残した女の正体が分かった。

去年まで伯父の個人授業を受けていた鷹栖瑛子だったのだ。

清楚な美少女だった瑛子は、少し見ないうちに妖艶な雰囲気を身に着けていた。それはセーラー服ではなく、かなり肌を露出し、しかも肉体の線を露骨に強調するような黒い光沢のあるキャミソールドレスだったせいもある。

「久しぶりね、神崎さん。鳴海先生の個人授業を受けてるんですってね？　私のあとはあなただったのね。ちょっとびっくりした」

伯父が特別な教えかたをする個人授業をどれほど受けもっているかは知らないが、今年はどうやら亜梨紗一人だけのようだ。亜梨紗が通わない火曜、木曜、土曜は空いている。それは書斎の雰囲気で分かることだ。

(鷹栖先輩は、伯父さまに会いに来たのだ……)

亜梨紗は見違えるように魅力的な女になってしまった先輩の顔を見て胸が急にドキドキし、息が苦しくなるのを覚えた。

「家に帰るんでしょう？　私、たまたまこの近くまで来たの。バスだったら一緒してもいいかしら」

「はい」

亜梨紗は不思議でならなかった。自分が来る前に彼女はあの書斎から退出したのだ。それから四時間もたっている。瑛子は明らかに亜梨紗を待ち伏せしていたとしか思えない。聖グロリア学園時代、ほとんど接触はなく、亜梨紗は遠くからため息をついて眺めているしかなかったスター的な美少女が、いまはなぜか向こうから声をかけてきた。

瑛子はこの街に生まれ育ち、実家もある。東京の大学が休暇になれば帰省してくるのは不思議なことではない。

それに鳴海健吾は、彼女が入試に成功した一番の恩人である。特別に手をかけた教え子が恩師に会いにやってくること、それ自体は不思議なことではなく、当然なことだ。

しかし鷹栖瑛子は、いま亜梨紗が受けている全裸授業をはじめ、同じ教授法を受けた先輩でもあるのだ。彼女の場合、一年から健吾の授業を受けていたから、実に三年間というもの、この洋館に通ったことになる。

　バスが来た。二人は後部の座席に並んで座った。瑛子の体から香水の匂いとまじった体臭がプンと匂い、亜梨紗はひどく官能を揺さぶられた。自分の体からは絶対に嗅げない、性フェロモンの濃厚な芳香。彼女がつい数カ月前まで自分と同じセーラー服を着ていた十八歳だとはとても思えない。

　突然に瑛子は言った。囁くような声だ。

「私たち、同じ先生に習った先輩後輩よね。そのよしみで聞いていい？　神崎さんもヌードレッスン、受けているんでしょう？」

　自分は彼女のポラロイド写真を見ている。それに刺激されてオナニーに耽溺《たんでき》し、夜な夜な彼女のことを想像しながらオルガスムスに達しているのだ。正直に答えないのは悪いような気がした。

「ええ……」

　頬が熱くなった。

「じゃ、《誓約》はした？　ザ・プレッジ」

「誓約？　誓いということですか？」

亜梨紗はキョトンとした。プレッジという単語の意味は分かっていたが、質問の意味が分からなかったからだ。

「ああ、じゃ、まだなのね」

瑛子がふっと笑った。意味あり気な、満足したような微笑。優越感を満たされた女が見せた、その表情だとあとで気がついた。

「いいの、それは。じゃあ、今はパンティ穿いてないのね？」

そう指摘されて顔を赤らめた。たぶん健吾の忠実な教え子であった瑛子は、亜梨紗が受けたような命令、指示はすべて体験しているはずだ。

「ええ……」

そう答えるしかない。瑛子がまた微妙な笑顔を浮かべた。

「実は私、あなたが来る前、鳴海先生とお会いしてたの」

「そうなんですか」

「そう。やっぱり懐かしくて……。高校の三年、部活も犠牲にして通って、正しい英語を教わったんですもの。私も最初、あなたみたいに英語が苦手だったのよ。だから先生の言うことをちゃんと聞いてたら、本校進学どころか、私みたいに一流の大学に進めるわよ。外国留学も思いのまま。……実は秋から、アメリカに留学出来ることになったの」

　彼女が挙げたのは、アメリカ東部の驚くほどの名門大学だった。かなり難関の留学生受け入れ試験をパスしたのだという。亜梨紗は驚いた。

「みんな驚いてたわ。だってネイティブ・スピーカーに教えてもらったわけでもないのに、私がちゃんとした英語を話すから。鳴海先生の英語、それだけすごいってこと……。特に個人授業のティーチングメソッドがね。ヌードレッスンは特に素晴らしい方法。残念なことに大勢の人には適用出来ないけど、私、先生からその方法で教えられたことを誇りに思ってるわ。留学したら会えなくなるから、その前に一度お会いしたくて、来たのよ」

「そうなんですか」

「だから、先生の命令には絶対に従って間違いないわよ。どこまで要求されるか、それは分からないけど」

「はあ……」

　何か奥歯にものが挟まったような言い方だ。本当は何を言いたいのだろうか、彼女が自分を待ち伏せていたのはなんのためなのか、こちらから質問も出来ず、亜梨紗はただ内心で首をひねるだけだった。

　バスはやがて市内に入り、先に瑛子が降りる停留所が近づいてきた。その時になって瑛子が後輩に囁いた。

「ザ・プレッジのことを知りたかったら、左の一番上の抽斗を開けてみれば分かるわ。私のや他の子の誓約書がそこに入ってるはず。たぶん、その時に撮った写真なんかも」

「でも、あの抽斗は……」

ヌードレッスンの時、瑛子のポラロイド写真を取りだしたのも、その抽斗だった。しかし、そこは鍵のかかる抽斗だ。あの時も健吾が鍵を使って開け閉めしたのを見ている。

「ふふ、それは開けられるの。先生のキーホルダーについているのとは別に、スペアの鍵があるの。それは右の一番上の抽斗の中。名刺の箱が二つあって、一つは空で、その中に隠してある。もしチャンスがあったらこっそり覗いてみるといいんじゃないかしら。あッ、ここで私、降りるから……。今夜はあなたに会えて嬉しかったわ。じゃ、元気でね、さようなら」

鷹栖瑛子はバスから駆け降りていった。

（なんなの、今のは……）

亜梨紗はあっけにとられてしまった。

瑛子が言ったことで理解出来るのは、鷹栖瑛子ら、これまでヌードレッスンを受けた個人授業の教え子たちは、ある段階で何かの誓い、誓約をさせられたらしい。

その内容は教えてくれなかったが、誓約書などは健吾の机の、鍵のかかった抽斗に入っている。

さらに、その抽斗を開けるスペアキーは、同じ机の別の抽斗の中に隠されている。

鷹栖瑛子は、亜梨紗にそのスペアキーのありかを教えた。

「チャンスがあったらこっそり覗いてみるといいんじゃないかしら」と。

つまり、健吾がその話を持ちだす前に知っておいたほうがいい——というのが、瑛子の考えかたで、善意に考えれば、今夜は亜梨紗にそのことを伝えたくて、彼女が帰るまで近くで待っていたとも考えられる。

(だけど、それって伯父さまの秘密を盗み見るということじゃないの……)

片方で伯父を尊敬する言葉を言っておいて、もう一方では伯父に秘密があると言う。瑛子のもくろみは何なのだろうか。

その夜は、以前にも増して寝つきが悪く、亜梨紗は二度、三度とオナニーに耽ってしまった。

第五章　服従の奴隷誓約書

鷹栖瑛子にそそのかされても、亜梨紗は伯父の机の抽斗を覗いてみる気にはなれなかった。確かに授業中、一人で放置されることはあるが、その時はたいてい縛られて動き回れないようにされている。たとえ隙をみて出来たとしても、もし伯父に発見されたら、どんな罰を受けさせられるか分からない。

ところが二学期が始まってすぐ、盗み見る絶好の機会が到来した。

ある夕刻、伯父の洋館を訪ねると、養子の俊介——当時は中学の二年生——が珍しく出てきて、こう告げたのだ。

「先生は急な用事が出来て外出されました。でも五時半には戻られるとおっしゃってましたから、中に入って待っててください」

亜梨紗は突然、伯父の書斎でたった一人、三十分ほどひとりでいることを余儀なくされた。それも縛られて椅子にくくりつけられたりせず、自由に動き回れる状態で。

となると、思いだされるのが瑛子の囁きだ。

（ダメよ、あんな言葉にうっかりのったら……）

伯父に露見した時の怖さで自制しようとしたが、どうにも気になって仕方がない。

（鷹栖先輩たちがした「誓約」って何かしら……？）

自分が知らないというのがどうにも癪だ。

時計の針は、まだ二十五分あると告げている。胸がドキドキした。

（ただ、鍵があるかだけ見るのなら……）

ついに誘惑に負けた。女子高生はそっと伯父の机の右袖に立った。自分がそこで全裸のまま尻を叩かれる場所だ。

そーッと抽斗を開ける。瑛子が言ったとおり名刺の箱が二つあり、一つは空で鍵が入っていた。

震える手でそれをとりあげた亜梨紗は、しばらく逡巡《しゅんじゅん》していたが、思い切って左袖の一番上の抽斗の、鍵穴に近づけた。

カチリ。

小気味よい音をたてて鍵穴はピタリとその鍵を呑み込んだ。少し力をこめて回転させると、カチッという音がした。

（外れた！）

心臓がドキドキといい、まるで喉から飛びだしてきそうだ。膝がガクガクいい、喉はカラカラ、手はぶるぶると震えて自分のものではないようだ。

（落ち着いて……。きっと何でもないものよ）

要するに運動選手の「選手宣誓」のように、試験に臨むにあたって「全力を尽くすことを誓う」などという趣旨のものを書かされたのではないか。

ふーと深呼吸してから、祈るような気持で抽斗のそれを引っ張ると、何の抵抗もなく抽斗がパッと開いた。

（わッ、開いた……）

おそるおそる机の中を見ると、何通ものB４判の封筒が積み重ねられていた。その表面にはマジックインクで「河田菜摘」「細川麻紀子」「村中ようこ」「鷹栖瑛子」と記されている。みな健吾の特別な個人授業を受けた生徒だ。

その中には「神崎亜梨紗」というのもあった。中には、亜梨紗のこれまでの出席と、テストの成績を記録した紙片が入っていた。たぶん両親に報告が必要な場合に備えて記したものだろう。

（なんだ、つまりは成績表なんだ）

少し安心して「鷹栖瑛子」という封筒を持ちあげた。そちらはずっしりと重かった。封筒を開けて見てみる。

（これは、ポラロイド写真……）

伯父がヌードレッスンの時に見せてくれたのは一枚の写真だけだったが、実は他に十枚ほども入っていたのだ。さらに紙片が数枚。

おそるおそる一枚を引っ張りだしてみた。

伯父がタイプで打ったらしい、ザ・プレッジという英語が見えた。

（これは、鷹栖先輩の誓約書……）

緊張のあまり、亜梨紗は息が苦しくなった。

本来、見るべきものではないのだ。

だが当事者である鷹栖瑛子自身が「見ておいたほうがいい」と奨めたのだ。少しばかり勝ち誇った顔で。

明らかに亜梨紗が、まだ「誓約」していないことを知って、優越感を抱いていた。同じ個人授業を受け、同じヌードレッスンを受けても、つまり「誓約」していない教え子は瑛子のなかでは自分と同列ではないのだ。

（なによ、いったい、何だというの）

瑛子に対抗するような感情が生まれ、それが残っていた後ろめたさを吹きとばした。

亜梨紗は紙片をとりだして広げてみた。

紙片は英文タイプされた誓約書と、あとは亜梨紗と同じ出席とテストの成績を記録したもの二枚。

とうとう誓約書の紙片をひろげた。

タイプで打たれた英文の最後に、瑛子のボールペンのサインがある。

わずか数行の英文だ。それも簡素なものだった。分からない単語は一つもなかった。だからサッと読んだだけで、読解力の増した亜梨紗はその意味が理解出来た。

(何なの、これは……)

亜梨紗の翻訳では、誓約書の文章はこういうものだった。

《私、鷹栖瑛子は、本日から鳴海教授をご主人さまとお呼びし、奴隷となることを誓います。奴隷の目的は、自分の体でご主人さまにあらゆる方法で喜んでいただき満足していただくことです。

私は誓約期間中は、目的のためであれば、ご主人さまのどのような命令にも服従します。

私は誓約期間中は、ご主人さまのどのような身体的、精神的扱いにも不服を申し立てません。

ご主人さまには、奴隷の献身と奉仕の代償として、奴隷の希望する大学に合格するよう最善を尽くしてくださることを期待します。

誓約は、＊＊年三月末日まで有効とし、その日まで忠実にお仕えいたします。

＊＊年＊＊月＊＊日

ご主人さまの忠実な奴隷　鷹栖瑛子》

誓約の日付は、瑛子が三年生になって間もなくだ。つまり一年間、奴隷として仕えたということになる。

しばらくの間、亜梨紗は自分の翻訳が信じられず、何度も読み返した。

please and satisfy という語句の解釈を間違えていないか、辞書にもあたってみた。

(これは何なの……。奴隷になるって、つまり伯父さまの言うなりになるオモチャのようなことじゃないの……)

亜梨紗は残り三人の封筒の中にある誓約書を全部見てみた。すべて同じ文面で、誓約者である少女たちのサインがあった。誓約の期間は一年。つまり健吾は、ほぼ一年にひとり、徹底的に自分の言いなりになる少女を得ている。

しばらく呆然となって、思考力を喪失していたような彼女は、ふと気を取り直して瑛子の封筒に入っていたポラロイド写真を全部、取りだして眺めた。

ヌードレッスンの時に見せられた、単にヌードで縛られている写真は一枚しかなかった。

他の数枚の写真は、すべて亜梨紗の想像を裏切る、ショッキングなものだった。

一枚は、教え子の座る肘掛け椅子に、全裸で目隠しされた瑛子が後ろ手に縛りつけられ、両足を左右の肘掛けに載せる姿勢を強いられている姿だった。

(なんてひどい……。丸見え!)

亜梨紗は先日会ったばかりの瑛子の、一年前の姿にショックを受けた。

前から見ると、左右に広がったMの字型の姿勢だ。真ん中のVの字の部分は、高校三年の少女の中心部、一番神聖で隠すべき部分をあからさまに見せていた。黒い秘毛に囲われた唇の部分がハッキリ見える。その唇の端から白い液が涎《よだれ》のように垂れて会陰部をつたいアヌスを濡らしている。濡れた肌や粘膜がキラキラと光り輝いている。

目隠しをされた瑛子の表情には、屈辱や苦痛の色はなく、逆に薄く笑っているような、満足した陶酔のようなものが感じられる。

さらに三枚目を見て、亜梨紗は頭を殴られたようなショックを受けた。

それは自動シャッターかセルフタイマーで撮られたもので、画面には伯父も写っていた。伯父はいつものきっちりとしたツイードのスーツ、あるいはジャケットという姿ではなかった。バスローブを纏って、その下は裸で、こちら向きに肘掛け椅子に座っている。

顔の部分は切れている。わざと自分の顔が映らないようにしたのだろう。しかし体形、痩せているが筋肉質で意外と毛深い肌から、間違いなく伯父だと分かった。

後ろ手に麻縄で縛られた全裸の瑛子が、ふんぞり返るようにして浅く座り両脚は左右に広げている初老の男の真ん前のカーペットの床に膝をつき、体を前のめりにして彼の股間に顔を伏せている。それを伯父の真正面、瑛子から見れば臀部から写している。

その部分はハッキリ映ってはいないが、明らかに瑛子は伯父の男の器官を口にくわえている。つまりフェラチオをさせられている。そういう行為があることは、いくら処女でボーイフレンドもいない亜梨紗でも知っている。そういう情報はいたるところにあるのだから。

ただ、自分の身近にいる人間がそれを行なっている姿を見るのは生まれて初めてだった。

さらに亜梨紗を驚かせたのは、瑛子は両膝を広げるようにしているので、臀裂から秘裂までがハッキリ映っているのだが、尻朶は真っ赤に腫れあがり、しかも何本もの筋状の痕が蚯蚓《みみず》腫れになっていることだ。定規ではそこまでひどい蚯蚓腫れになることはない。明らかに鞭か鞭に似たものでしたたかに打ち据えられたに違いない。

そして唇状に見える器官は、さっきの正面が映ったものとはうってかわって、ぽっかりと穴が開いたように見える。そして光が届かない肉の洞窟の奥は黒く陰になってそこから大量の白い液が溢れて糸をひくようにして垂直に床にまで滴り落ちている。

それはどうしても愛液とは思えなかった。もっとドロリとしている。愛液がミルクを薄めたような液体とすれば、こちらは卵の白身だけを溶いたもののような。

（これって精液？　だったら……）

秘唇がぱっかりと口を開けたようになっている理由は亜梨紗にも分かる。

瑛子は女の器官に男性を受けいれた後なのだ。誰のかは言うまでもない。

（伯父さまがあの人のここに入れて、射精したのだ。つまりあの人は犯されたということ……）

くらくらとめまいがした。

そしてもう一枚。

そこでは、瑛子は立ち吊りにされていた。

場所はドアの脇の柱。入ってきた人間がコート類を掛けられるように、専用のフックが取り付けられている。

両手に革手錠をかけられた瑛子が壁に向いて立たされ、手を頭上に差し上げている。革手錠を繋ぐ鎖をコート掛けにひっかけられ、ちょうど背伸びするかしないかの高さに裸身が固定されている。

もちろん全裸で、その背中、臀部はやはり鞭で叩かれたような筋状の蚯蚓腫れが縦横に走っている。激しい鞭打ちを浴びた後なのだろう。

口にはタオルのようなものを嚙まされる形で猿ぐつわをされている。瑛子は顔を向こうに向けているのでその表情は見えない。

亜梨紗がこの写真を見て一番ショックだったのは、鞭打ちの痕でも立ち吊りの残酷さでもなかった。爪先立ちにされながら両脚を開いている彼女の臀部の谷間を割るように画面の先からステッキのようなものが伸びて、本来なら谷間の奥に隠れているアヌスのすぼまりを露出させている。

そして、そのアヌスは前の写真の膣口のようにぽっかりと開いた洞窟の穴になっていて、そこから白い液が垂れている。肛門や直腸から愛液が溢れ出るわけがない。

考えるまでもなく、瑛子はそこに男性の器官を突きたてられたのだ。

もちろん突きたてたのは健吾だ。いまステッキを用いて教え子のアヌスを開陳させている本人だ。彼は自分が串刺しにして犯し辱め、たっぷり自分の精液を注ぎこんだ場所を、こうやってポラロイド写真で撮影したのだ。

（瑛子さんは、こういうことをされて、どう思ったのかしら……）

先日、バスの中で見せた誇らしい顔が思い出された。それは、こういう扱いを受けたことを懐かしんでいる顔だった。瑛子は明らかにこういう奴隷時代を忘れたいとは思っていない。でなければ誓約が終わって奴隷の身から解放された後も、主人だった人間を訪ねてくるものだろうか。

その時、窓の外で砂利を踏みしだくタイヤの音がし、ブレーキの音が聞こえてきた。

（いけない、伯父さまが帰ってらした！）

外出していた健吾が自分の車で帰ってきたのだ。亜梨紗は大あわてで誓約書とポラロイドを封筒に入れて抽斗に戻して鍵をかけ、スペアキーを元の場所に戻した。

「待たせたな。悪いことをした。急な用事があったのだ。……なんだまだ脱いでいないのか。早く脱ぎなさい、時間がない」

せかせかと入ってきた健吾が、ドアのところの柱の上のほうに打ちつけたコート掛けの鉤に帽子をかけた。額が後退し、白髪の頭頂がだいぶ薄くなったのを気にしてか、最近の彼はソフト帽を愛用していた。

彼は亜梨紗がこれまで何をしていたのか、まったく疑う様子もない。彼女はホッとした。

「あ、はい……」

その頃の亜梨紗はもう、伯父の目の前で脱衣することにも馴れさせられていた。

あわてて立ち上がり、服を脱ぐ。机の向こうに座った健吾が、パンティ一枚になった姪に命じた。

「パンティを」

いつも脱いだパンティを彼に渡し、帰りにその前に渡したパンティのきれいに洗われたものを受け取ることになっている。

(いけない……)

パンティを脱ぎおろしながら亜梨紗は真っ赤になり困惑した。

明らかに誓約書の中身を見、瑛子のポラロイド写真を見たことで十六歳の処女の肉体は官能を刺激された。その結果、当然ながら秘部が濡れ、パンティの股布は湿ってしまった。亜梨紗がいつも穿く白いパンティというのは、股布の濡れた状態がよく分かる。いま脱げばそれが伯父の目についてしまう。

(どうしよう……)

その逡巡を厳格な英語教師は見逃さなかった。

「どうしたのだ。生理でも始まったか」

「いえ、あの……」

狼狽し顔を赤くしながら仕方なくパンティを足先から抜き取り、なるべく股布が見えないように丸めて健吾に手渡した。それがかえってパンティが汚れていることを示唆してしまった。

「ふむ……？」

健吾は姪の若い肉体を包んでいた薄い、丸めると掌の中に収まってしまいそうなパンティをわざと広げ、股布が秘裂に食い込んだ部分にくっきりと舟形のシミが広がっているのを視認した。

「……」

しかし彼は何も言わず、それをいつもどおり机の左袖一番下の抽斗にほうりこんだ。姪がなぜ、何によって刺激されたかを質問しなかった。亜梨紗はホッとした。

後ろ手に縛られてから復習テストが行なわれた。そしていつもどおりスパンキングを受けた。

そしてまた異変が起きた。叩かれながら亜梨紗は激しく昂奮してしまったのだ。

それは愛液の分泌という、伯父の目にハッキリ分かる形で示される。

ようやく彼も姪の肉体の異変に気づいた。放置レッスンのあと、縛りつけた椅子の座面が、まるで尿失禁でもしたかのように愛液で濡れている。

「……」

健吾はこの異変に少し戸惑っているかのようだった。彼はこれまで、ヌードレッスンという奇妙な授業法を導入してからも、亜梨紗の肉体に対して必要以上の注意を払うことはなかった。脱衣、縛り、スパンキング、目隠し、乳首責め、放置……。やっていることはSMプレイとほとんど変わりないことだが、それはあくまで授業のための手段というのが前面に出て、責められる亜梨紗自身、伯父は自分も含めた生徒に対してまったく性的な関心がないとばかり思っていた。

そうではないことが、たったいま分かった。

伯父は自分の個人授業の生徒たち全員を、自分の性欲に奉仕するための〝奴隷〟としても教育していたのだ。これまで四人の特別待遇の生徒――すべて受験を控えた女子高生は、みな横暴としかいえない権力をふるい生徒を完全に屈服させてしまった暴君に強要されて、奴隷の誓いをして期限つきの奴隷とさせられていた。

そして彼女たちは――他の三人のポラロイド写真を見るチャンスはなかったが、少なくとも鷹栖瑛子は、彼に対してセックスの奴隷としての奉仕を行なってきた。

あの写真で瑛子の秘部から滴り落ちる液が精液だとしたら、彼女は口で健吾の性器を刺激し、なおかつ性交もしている。全裸で縛られているのだから、性交といってもレイプに近い、一方的な凌辱《りょうじょく》ではないか。

それを知ってしまった今、亜梨紗の伯父に対する考えかたは百八十度の転換を迫られたことになる。

彼女の伯父、鳴海健吾というのは、教育者という仮面をかぶった淫獣であり、その欲望の生け贄とされた少女たちはその犠牲者ではないか。

それを知ったのだから、亜梨紗がするべきことは伯父から逃げだすことだろう。いや、両親に知りえたことを告げ、あるいは警察に訴え出て、彼を社会の敵として葬るように努力することだろう。

しかし不思議なことに、亜梨紗は奴隷誓約のことを知って健吾に対して嫌悪感を抱かず、逆に瑛子たちに強い羨望と嫉妬に近い念を抱きさえした。

それはまったく理性に反した反応だった。

誓約によって、現在より楽になるかというと、まったく逆だ。

これまでは課せられなかった、性的に健吾を満足させるという義務が加わる。それは自分の肉体を彼の嗜虐的な欲望の前に差し出すということだ。それが苛酷なものだということは、二枚のポラロイド写真を見ただけでも十分に分かることだ。性的奴隷として虐待を受けたがる人間がどこにいるだろうか。

なのに亜梨紗は、その日、伯父にスパンキングされながら、

(伯父さま、亜梨紗をどうして奴隷にしてくれないのですか?)

そう叫びたい衝動を必死にこらえていたのだ。

亜梨紗は、伯父が自分を奴隷にしたがらないのは、それが近親相姦の関係になるからではないか、と疑った。

だが、伯父は近親相姦などというタブーに縛られるような人間には思えなかった。

(となると、私に魅力がないということではないかしら)

どうしてもそう思ってしまう。

彼女が気にしている肥満傾向というのは、入院までした内分泌異常の治療薬がもたらした副作用だった。薬が刺激する食欲というのは強烈なもので、それに逆らってダイエットをするというのは非常に難しいと言われている。それでもわずかな肥満にとどまっているのは、亜梨紗もかなり必死になってカロリーを制限しているからだ。

(よし、それだったらもっと痩せよう)

亜梨紗は決意した。

果たしてそれで伯父が自分に対して魅力を感じてくれるかどうか分からないが、こうなったら意地でも伯父の関心を自分に注がせたかった。

　そして、亜梨紗の必死の努力は、意外と早く報いられた。

　ダイエットの効果が現れたのは一カ月ほどしてからで、みるみるうちに太めだった肉体はほっそりとなり、本来の亜梨紗自身がもっていた清楚で可憐な美しさがきわだってきた。

　頰が少しこけてきて、親が拒食症ではないかと心配する頃になって、健吾の態度に変化が現れた。

　全裸で後ろ手縛り、目隠しをされたうえでのフリーカンバセーションの時間だった。

　その頃は、亜梨紗も家でテレビやラジオの英会話を学習するようになり、会話能力も向上していたから、書斎に入ってからの伯父と姪の会話はすべて英語で交わされるようになっていた。

　その日の話題は、亜梨紗の日課についてだった。起きてから寝るまで、何をするかということを英語で言わされたのだ。

「たとえば歯を磨くというような些細なことでもはしょってはいけない」

　健吾がそう言ったので、昨日の一日を思い出しながら亜梨紗は自分の行動を英語で話していった。

「朝食は野菜サラダ、ヨーグルトを食べました」

「少なすぎるではないか」と、健吾が質問した。

「私はダイエットをしているのです」

「ほう、そうだったのか。道理で少しほっそりしたと思った。で、その後は？」

伯父が珍しく褒めるような言葉を口にしたので、亜梨紗は嬉しくなった。

「学校に出かける前にトイレに行きました。薬を使いました」

伯父が怪訝《けげん》そうな声で質問した。

「薬？　なんの薬だ？」

「お医者さんにいただいたお尻の穴から入れる薬です」

「ふむ、サポジトリーか。ヘモロイズ——日本語でいえば痔だ、それでも患っているのかね」

「いえ、おなかの中のものを全部出すためです」

「ということは、そのサポジトリー、すなわち座薬は、エネマのためのものか？」

「エネマ……、初めて知りました。はい、そうです」

エネマという言葉に健吾は敏感に反応した。

「どういう理由でエネマをしているんだ。コンスティペイション——便秘のためか」

「そうです。ダイエットしていると便が出なくなりやすいので、お医者さんからいただいた薬です。これを使うといつもおなかの中がきれいになります」

「腸はコロンという」

そういうふうに難解な語には助け舟をだしてくれる。

「はい、コロンの中がきれいになります」

「それは毎日使うのか」

「はい、そうです。ダイエットが終わるまで」

「そのエネマの薬は、いま持っているかな？」

ふだんは持ち歩かないのだが、今日は医者のところにダイエット中の健康診断に行き、ちょうどその座薬を二週間ぶんもらってきたところだった。

「はい、私の鞄の中にあります」

ガサガサと音がした。伯父が通学鞄の中を探ったのだ。見つけたらしい。

「なるほど、これか……。これの使いかたは？」

「ただ入れるだけです。コロンの中に」

「肛門はエイナス、直腸はレクタム。ふむ、インサートしてからどれぐらいで効き目が表れる？」

「五分ほどです。お医者さんは十分待てと言われます。十分待つのはなかなか辛いです」

「では、今日のお仕置きは、これを使おう」

「えッ？」

意外な言葉に亜梨紗はびっくりして聞き返した。

「おまえに浣腸して、我慢させせる。それが今日のお仕置きだ」

「それは許してください。とても辛いんです」

泣き顔になって訴える姪の言葉に耳を貸す伯父ではなかった。

「もうスパンキングも効果が薄い。おまえは最近、何をしても感じて気持よくなる体質になったようだ。ふつうの懲罰では効き目がなくなった。新しいお仕置きを導入しようと考えていたところだ。エネマ……、これはよい」

「ああ、伯父さま、許してください」

亜梨紗は泣き声になって、日本語を使ってしまった。

「ほら、違反した。マイナス十ポイント、通算で四十。今日はエネマで代行するから換算して二十ポイントを一エネマということにしよう。一日のおまえのミスはすべて加算されて最後にエネマでお仕置きだ」

この書斎では健吾は独裁者だ。有無を言わさず、さっそく浣腸による初めての仕置きが始められた。

全裸、後ろ手縛りのまま、目隠しは外されて、亜梨紗は廊下に連れだされた。こちらは健吾と俊介しかいないし、俊介の姿はめったに見ない。しかも玄関ホールにあるトイレは来客用だから家族も使わない。ほとんど亜梨紗の専用になっている。それでも密室である書斎の外に全裸で連れだされたのは初めてだ。亜梨紗は動転した。

トイレは大小兼用の洋式便器で、よく清掃されていて、汚れはまったくない。

「反対側に便器を跨《また》げ。そうだ。よし前かがみになって尻を突きだすのだ。いいか、座薬を入れるぞ」

伯父の手で浣腸用の座薬を挿入されるという屈辱に、女子高生は啜り泣いた。しかしその辱めに亜梨紗の肉体はなぜか昂ぶり、処女の秘唇からはとめどもなく薄白い液が溢れて内腿を濡らした。

座薬は亜梨紗の排泄のための穴をこじ開けるようにしてグイと押しこめられた。

「ああ……」

美少女は呻いた。少しの痛みを伴う違和感は全身に鳥肌を立たせた。

「十分といったな。それだけ我慢するのだ」

伯父はその日、亜梨紗が脱いだパンティを手にしていた。それを再び穿かせてしまう。亜梨紗はさらに狼狽した。パンティは自分で脱げない。伯父の助けがない限り、穿いたまま洩らしてしまうことになる。

（ということは、伯父さまに脱がしてもらい、見ている前でウンチをする……？）

考えただけで気が遠くなりそうだった。

しかしすぐに襲いかかってきた便意が、彼女を悶えさせ、呻き声をあげさせた。たちまちねっとりと汗が滲み出てきて、トイレの中に甘い処女の肌の匂いが満ちた。

腕時計を見ながら規定時間の過ぎるのを待つ健吾は、狭いトイレの中で亜梨紗のすぐ前に立っている。

（あ……）

伯父は上着を脱いでいて、今はワイシャツにベスト、ズボンという姿だった。そのズボンの下腹の部分が……。

（膨らんでいる）

これまで一度として、亜梨紗は伯父の勃起現象に気づいたことがなかった。男は女の裸を見ると勃起すると聞いていたから、ヌードレッスンに入ってからはその部分を盗み見るのが習慣になっていたが、一度としてハッキリと勃起したところを見たことがない。それもまた、自分に魅力がないせいかと思っていたのだ。

今は違う。ちょっと見ただけでも彼のズボンの下で男性の欲望器官が持ち上がり、テントを立てたような状態を呈しているのが分かる。

（伯父さまは昂奮してる……。私に座薬を入れ、便意で苦しんでいるのを見ながら……）

これで伯父が、自分には魅力がなく、そのせいでまったく昂奮しないという思いこみは間違っていたと分かった。

だが、その喜びもつのりくる便意の痛みには勝てなかった。

「うう、あ……、苦しい。伯父さま……、ウンチを、ウンチを出させてください」

もう恥も外聞もなく、泣くようにして亜梨紗は訴えた。

「まだ早い。五分とたっていない。あと五分だ」

便意に悶え苦しみ、後ろ手に縛られた体をねじり、のけぞったりしている、自分の三分の一の年齢にも満たない娘を眺める健吾の顔に嬉しそうな表情が浮かんでいる。子供が親に隠れて泥んこ遊びや宝物集めをして悦にいっているような、無邪気とも言うべき笑顔。

(伯父さまは私が苦しんでいるのを見て、楽しんでいる……)

不思議な、説明出来ない喜びが彼女の汗まみれの裸身の内側を駆け抜けた――ような気がした。

その時、伯父は便器を跨いだ姪の体をぐいとまっすぐ立たせ、後ろから抱くようにした。

(あ……)

片手で乳房を鷲掴みにしてぐいぐいと揉みたて、もう一方の手が下腹に伸びていった。

「ああ……」

パンティをくぐらせて、自分の秘唇に伯父の手が触れた時、亜梨紗は腰をくねらせて啜り泣くような声を洩らした。

乳房はクリップ責めで触られているが、秘唇をまさぐられたのは生まれて初めての体験だ。

「濡れているな、亜梨紗。おまえはこのところよく濡れる。服を脱いだ時から濡れて縛られるとさらに濡れる。放置授業の時は、終わるまでに大洪水で、いつもお洩らししたのではないかと思うほどだ。どうしてそういう体になったか分かるか。おまえは目覚めたのだ。つまり自分の中に潜んでいるマゾヒズムという怪物に気づいたということだ。この怪物が目を覚ましたらもう助ける余地はない。おまえは一生、それによって苦しめられる。だがこいつはふつうなら絶対味わえない快楽をも与えてくれる怪物でもある」

そこで亜梨紗の様子を確かめるためにいったん体を離し、顔色を見た。

「そうなったら誰かに苛めてもらわない限り、心の平静を保てない。おまえは大学は聖グロリアの本校に進むつもりだな。では、おれがそれまでの主人になってやる。おれの奴隷になれ。分かるか。そうしたらおまえを苦しめているマゾヒズムという怪物を飼い馴らし、甘美な快楽に変えてやろう。おまえの英語力を高め、大学に進めるように面倒はみてやる。そのかわり奴隷としておれの快楽に奉仕するのだ。どうだ、誓うか。いやならそれでもいい。すべてはいままでと変わらない」

いまや便意は耐えがたいほどの苦痛となって亜梨紗の腸を絞りあげていた。

ギュウウ、グルル。

もう肛門のすぐ内側まで便が押しだされてきて、亜梨紗が必死に締めつけている筋肉を内側からこじ開けようと圧力を強めている。決壊は時間の問題で、そうなったらパンティを穿かされている身では悲惨なことになる。

「どうだ、亜梨紗」

畳みかけられて少女は答えた。

「誓います、伯父さま。亜梨紗は奴隷になります」

「そうか。その言葉に嘘はないな」

「ありません」

「よし」

伯父は姪のパンティを脱がせ、彼女を便座に座らせた。間一髪だった。

「あああ、はあッ」

筋肉の関門を押し破られるのに任せた。どうッと勢いよく液体が噴出し、さらに固体が勢いよく便器の中に落下した。

「伯父さま、見ないでください」

悲痛な声で訴える姪の頬を健吾はうち叩いた。

「奴隷が主人に命令するな」

その瞬間、亜梨紗はオルガスムスに達した。生まれて初めて味わう、マゾヒズムの極限で味わう甘美なオルガスムスだ。

——すべてが終わってから、書斎に連れ戻された亜梨紗は、そこで英文でタイプされた誓約書を読まされ、サインをさせられた。英国紳士の風貌をもつ痩身の英語教師は、満足そうに頷いて言った。

「これでおまえは私の奴隷だ。再来年の三月三十一日まで、忠実におれに奉仕するのだぞ」

その場で亜梨紗は自宅に電話をさせられた。特別な補習があるので、一時間遅くなると言わされた。

母親は少しも怪しまなかった。

彼女の二番めの娘はこのところ、ラジオ、テレビ、ビデオ、テープ……と、毎日猛烈に英語の勉強に熱中している。英語の成績もあがってきた。兄に無理を言って個人授業を頼んだことをよかったと思っている。

まさか自分の兄が、姪である娘に何かをするなどとは想像もしていなかった。まして彼の性欲に奉仕する奴隷にさせられるなどとは——。

第六章　倒錯の女装少年愛

コツコツ。

廊下に足音がしたので、回想に耽っていた亜梨紗は、ハッと我に返った。

見れば抽斗に入っていた黒いパンティをまだ手にしているではないか。

あわてて手にしていた布片を抽斗にしまった。

「お待たせしました」

俊介がティーポットとカップを載せた盆を手にして入ってきた。

「紅茶はすぐに淹れたんですけど、教室のほうに生徒と母親が来て、少し相手をしていたもので……。どうも申し訳ありません。……こちらに座りませんか？」

伯父の座っていた背もたれの高い回転椅子を奨められたが、

「いえ、それはやはり……」

断って、かつて教え子として座っていたウインザーの肘掛け椅子に腰をおろした。

誓約をさせられてから、亜梨紗はその肘掛けに膝を載せ、大股びらきの姿勢でオナニーをさせられたものだ。

机に盆を置き、若い相続人は養父の椅子に座った。彼女のために淹れた濃い紅茶をカップに注いだ。

英国に留学していた健吾は紅茶を好んだ。その嗜好を俊介は受け継いだようだ。

二人は黙って紅茶を啜った。わざと昼食時間をずらしたのだが、食欲も無かったので昼食はとっていない。ようやく空腹を覚えだした胃に熱い液体がしみわたってゆく。

二人は最初、お互いの近況や、どちらも知っている知人、縁戚の誰かれの最新情報を交換した。そうやって話してみて、このいとこと自分は、共通の話題というのはひどく少ないことに気がついた。もちろん自分の伯父は彼の養父なわけだが、俊介の前で彼のことを話すのはあまり気乗りしないことだった。なにせ、自分は故人の生前の性的な奴隷だったのだ。

そのことを俊介は知らないだろうし、また言うべきものではない。話題を探して亜梨紗は彼の未来のことを訊いてみた。

「俊介さんはまだカリフォルニアで勉強しているのでしょう？　このお家や教室はどうなさるの？」

現代もののテレビドラマに出てきそうなハッとするほどの美青年は、首を傾げてみせた。

「まだ何も決めていないのですよ。どうしたもんでしょうかね。ただ教室はやはり閉鎖するしかないでしょう。先生の個性と評判で、ようやくそこそこの生徒を集められていました。ぼくが経営を引き継いでも、信用がまったく違う。それと先生のように手間ひまをかけて一人一人をその能力に応じて指導してゆくなんて時代じゃないですからね」

「そうでしょうね。伯父さまは特別な教師でしたから……。で、この家は？」

「資産状況はまだハッキリ把握してるわけじゃないのですが、特に借金もないようですし、しばらくはこのままですね。ぼくは来年の夏には向こうの大学で修士号がとれるんで、そうしたら一度帰ってきて、ゆっくり考えます。ここの土地も、教室をやめればそっちのほうの土地は処分出来ますから、そうしたら汐見で何か事業をやってもいいかな、と思っているので……」

亜梨紗は少し驚いた。

「ということは、俊介さん、汐見に住むと……？」

俊介はふッと口元に微笑を浮かべてみせた。

「驚きました？」

「ええ。アメリカに留学したのは、なんとなく汐見が嫌いで、ひょっとしたらアメリカに移住するような気がしたんです。先生直伝だから英語は私なんかよりずっと上手でしょう？

なにか日本に戻ってくるなんて、ちょっともったいないような気が」

「まあ、この土地には先生が死んでしまえば繋がりらしい繋がりも無いのはおっしゃるとおりです。ですが、どこに住んでも同じようなものなら、まだ住み慣れた土地がいいのかもしれない。この家だって十歳から住んでいますから、それなりに思い出はありますからね」

「そうでしょうね。そういう思いは、私たちがとやかく言うものでもありません」

「それとぼくは、アメリカがどうも好きになれなくて……。研究だって明治期の日本における英語教育史というものですから、なにもアメリカでやる必要もない」

　そこで急に話題を思い出したというふうに、自分についての最新情報をいとこに伝えた。

「そうだ、まだ話してませんでしたが、いまの大学を卒業したら、うまくすれば聖グロリア学園本校——亜梨紗姉さんの母校ですね、そっちの大学のほうに職が得られるかもしれないんです。アメリカから研究論文を送ってみたら、ぼくに研究室助教の席を与えられそうだという返事がありました」

「ということは英文学部のほう？　それとも教育学部？」

「教育学部の英語学科です。業績次第でしょうがゆくゆく、准教授の席までは約束されています」

　亜梨紗は少し驚いた。

確かに俊介は養父・健吾の薫陶もあって英語の才は中学、高校の時から群を抜いていた。ところが養父と違って、この若者は、どちらかというと書物による英語研究に興味を示し、やがて英語教育史という分野にのめりこんでいった。

英語教育が看板の聖グロリア女子大は、そういう研究分野にも力をいれている。彼の評判が伝わったとしても不思議ではない。

何せ父親は汐見の分校で英語を教えていたかつての高校教員で、汐見からは健吾の教え子たちがかなりの数、大学に進んでいる。その息子俊介の名前もよく知られているはずだ。いわば身内なのだ。

「それは素晴らしい話じゃないですか。前途は洋々ですね」

その学校のOGである亜梨紗は、ふと声に出して笑った。

「うふふふ、あ、笑ってしまってごめんなさい。でも、聖グロリアのような女子大に俊介さんのような美男子がのりこんでいったら大変なことになりそうだと思って」

俊介は顎を撫でるようにした。その仕草は彼の養父を思わせた。遺伝ではないが、養父を受け継ぐものはあるのだ。

「そうですかね。ぼくは女子大がどういうところか分からないですが、そんなに女の園ですか」

「それはもう……。キャンパスの中では男性の顔を見ることは少ないですから」

「大学側も、採用の条件として、なるべく早く身を固めてくれと言ってましたね。やはり独身だとトラブルやらスキャンダルやら、何かと心配のようだ」

「そう言われたとしたら実現性は高いんですね。だとしたらお嫁さん探し、急がなければ……。でも俊介さんだったら、お相手探しに苦労するなんてことはないでしょう」

彼は養父を亡くし、もともと孤児だったから、もう身寄りはいない。それこそ天涯孤独の身だ。現代の女性は、夫の側に面倒をみなければいけない家族がいるのをいやがる。そういう点では俊介など理想的な家庭環境だ。

それに、そこそこの財産を受け継いだわけだし、いずれは大学教授の座も夢ではない知的エリートの大学教員なのだ。

「私がもっと若ければ、俊介さんに立候補するところですよ」

思わず冗談を言ってしまった。

もちろんまさか彼が、これまでほとんど接触のなかった自分に何か特別な感情を抱くとは思えなかったから言える冗談だ。たとえあったとしても、亜梨紗は俊介より三歳年上。それだけでも俊介が彼女を選ぶとは思えなかった。

「ダメですよ、亜梨紗姉さん。そんなことを言われると本気にしてしまう。ひょっとしたら結婚してくれるかな、と思うじゃないですか」

　俊介も笑いながら答えた。ちょっとまじめな顔になって、

「いとこ同士といっても、ぼくはもらい子ですから、そっちのほうの問題はないんですがねえ」

　妙に真剣な口調だったので、亜梨紗は少し戸惑った。

「何をバカなことを。私はもうトウがたっています。俊介さんは若くてぴちぴちしたお嬢さんを選びなさい」

　苦笑にまぎれて受け流す。

「ですが……こう言ったら失礼かもしれませんが、亜梨紗姉さんはぼくの理想の女性だったんですよ。最初にこの家にやってきた時から」

「えッ⁉」

　亜梨紗は俊介がさらにまじめな顔でそんな言葉を口にしたので、少しドキッとして、彼の顔をまじまじと見つめた。彼女のほうは異性とか関心の対象として一度も俊介のことを見たことも考えたこともなかったというのに……。

　俊介は亜梨紗の反応をじっと観察するふうで、いとこの軽い驚きを見逃さなかった。

「驚きますか。そりゃあ、そうでしょうね。ぼくはこの家にいても居るのか居ないのか分か

らない存在だったから」

「そんなことは……」

そう言ってから、確かに彼の言うとおりなのだ、と思って亜梨紗は絶句するしかなかった。

少しの沈黙のあと、俊介は静かな口調で指摘した。

「ね、亜梨紗姉さんもそう思うでしょう。先生の個人授業を受けて、週に三回、二年間通ってらした。だとすると全部で何回かな……たぶん二百五十回ぐらい。でも、ぼくの姿を見たのは何回もなかったはずだ。言葉を交わしたのも……そうだな、先生が一度、急用で出かけて遅れるからという連絡があった時、そのことをお伝えにいった。そういうのが二、三回。そんなものじゃないでしょうか」

亜梨紗は頷くしかなかった。

「確かにそのとおりね。だから今日、ここに来て不思議だなぁと思ったの。私、俊介くんは学校で部活か何かがあっていつも遅く帰ってくるのだとばかり思ってました。本当にこの家であなたの姿を見ることは稀でした」

ふっと微笑が浮かんだ。無知な人間を哀れむような印象の薄笑い。

「ぼくは学校からまっすぐ帰ることを要求され、どんな部活動も許されませんでした。先生は教師のくせに学校という組織での教育効果を認めていなくて、団体生活など無意味だという考えかたの人でしたから。ですから、学校が終わるとすぐにこの家に帰ってきていました」

「じゃ、どこにいらしたの？　二階の自分のお部屋？」

彼らのいる書斎がある洋館の二階に、健吾と俊介、父子のそれぞれの個室があるはずだった。そこへは一度もあがったことはない。

「いえ。ちがいます。ぼくはここにいたんです」

その言葉の意味が分からなかった。キョトンとした表情の国際線フライトアテンダントに青年はもう一度、言った。

「亜梨紗姉さんが先生に教えられていた間、ぼくは一緒に学ばされたんです。この部屋で」

亜梨紗は耳を疑った。

「うそ！　そんなバカな……。あなたの姿など一度も見なかったわ」

角度によっては若い娘にも見える美青年は微笑を浮かべたまま頷いてみせた。

「そうです。先生はぼくの存在を亜梨紗姉さんには気づかせなかった。あなたが絶対に気づかない場所にぼくを押しこめていたから」

口をポカンと開けていた亜梨紗は、我に返って周囲を見渡した。

「信じられないわ。この部屋のどこに、あなたが隠れていられる場所があるというの？」

彼女が手を広げてぐるりと指し示した書斎の中には、確かに物入れ一つ無い。そこに人が隠れる場所など、どう考えてもありはしない。

俊介は微笑を浮かべたままでいた。亜梨紗は彼を見つめた。

二人の間に沈黙が流れた。それは亜梨紗の思考が乱れたためだ。

急に視界がぼやけた。

あわてて頭を左右に振った。

「私、なんだか……」

「どうしました」

俊介が身をのりだしてきた。

「ちょっと、気分が……」

すうっと意識のレベルが低下してゆく。フライトアテンダントの基礎訓練で酸素欠乏状態がどういうものか体験させられた時に似ている。

視野が狭まり、床がせりあがってくる。体が前にのめっているのだ。俊介が立ち上がり、机を回って彼女のほうにやってきて、体を抱き起こした。

「どうしたのかしら」

「大丈夫です。少し、休んだほうがいい。さ、目を瞑って」

彼の手が瞼を撫でるまでもなく、亜梨紗の瞼は閉じた。強い眠気が襲ってきたのだ。数秒もしないうちに、美しい娘は椅子の背もたれによりかかるようにして眠りに落ちていった――。

彼女がその眠りから醒めたとき、周囲の光景はそのままだった。自分の肩に顔を埋めるようにして、亜梨紗は眠りこんでいたのだ。

（えッ、私、眠ってしまった……？）

一昨日、ヨーロッパからのフライトで成田に着いた。いくぶんか時差ボケはあるがそれを意識して行動している。人と会って話していて、こんなふうに急激な眠気に襲われ、眠ってしまったことはかつてない。

あわてて身を起こそうとした。その時、初めて体が動かないことに気がついた。椅子の上で金縛りにあっている。

目の前の机には、俊介が座っていた。眠りこむ前と同じ、ワイシャツに少しネクタイを緩めた姿。何か書類に目を走らせている。さっきはかけていなかった眼鏡をかけて。

その背後でカーテンはしっかりと閉ざされて室内は暗い。

（え、もう夜……？）

夕刻の列車で帰るつもりだった。切符も買ってある。

ふいに俊介が顔をあげた。机の上のランプの光が彼の細面を照らし、そうするとこの青年がいかに知的な印象のきわだつ、甘いハンサムな容貌の持ち主か、改めて気づかされた。学者よりも俳優になれば人気を集めるのではないだろうか。

「時刻は六時すぎです。予定の列車には間に合いません。まあ、急ぐことはありません。今夜はこちらに泊まってゆかれるといい」

書類から顔をあげて、それまでかけていた細い金属フレームの眼鏡をはずして、眠気を払うために軽く頭を振っているいとこに語りかけた。

「六時……。そんなに眠ってしまったの。起こしてくだされればよかったのに」

眠ってしまった自分をそのまま、三時間ほども椅子で眠らせていたままのいとこの態度は礼儀を知らない。失礼というものだ。少し憤然として亜梨紗は立ち上がろうとした。まだ金縛りはとけず、腕が肘掛けに密着したようで立ち上がれない。

「え……!?」

自分の腕を見て、思わず目を疑った。手首の上のところを麻縄で椅子の肘掛けにくくりつけられている。これでは身動き出来ないわけだ。

「何なの、これは……」

思わずず声がうわずった。

「落ち着いて、亜梨紗姉さん。まあ、驚くのは無理はないですが、危害を加えるつもりはない」

俊介は安心させるような笑みを浮かべた。ふつうの状態なら若い娘の心をとろけさせるかもしれない。亜梨紗はそんな心理状態ではなかった。危機を察知して体内にアドレナリンが分泌され、意識は完全に覚醒した。心理的にはパニック寸前の状態だ。

「解いてください。どうして縛ったりするの。あ……」

なぜ急に眠りこんでしまうような失態を演じたのか、そのわけが理解出来た。

「なにか薬を紅茶に……。わざと眠らせたのね！」

詰問されても青年は動じない。

「そうです。ぼくはどうしても亜梨紗姉さんにゆっくりしてもらいたかった。つもる話をしたかったので」

亜梨紗は、目の前にいる貴公子然とした人物が、これまで思っていたような人間ではないことに気がついた。まったく違った顔の人間が甘いマスクの背後にいる。

「何を話したいというの」

「まあ、さっきの話の続きです。覚えてますか」

亜梨紗は目を細めるようにして記憶を甦らせる必要があった。

「確か、あなたがこの部屋にいたという……」

「そうです。そしてぼくは、亜梨紗姉さんに惹かれてしまった。もう七年、八年ぐらい前になるんですかね。あなたはまったくご存知なかったでしょう。これはもう、完然たる片想い。藤原実方《ふじわらのさねかた》です。『かくとだに、えやは伊吹のさしも草、さしもしらじな燃ゆる思ひを』……というやつですね」

亜梨紗はさらに愕然となった。だとすれば、その執念が自分を椅子に縛りつけたのか。自分に対する妄念をいま、果たそうとしてのことなのだろうか。

「もう少し説明してくださらない？　よく分からないの」

自分の置かれている状態を考えれば、俊介を御するしかない。フライトアテンダントとして鍛えられた機敏な反応が甦ってきた。

「ええ、いいですよ。うむ、時間は十分ある。ぼくのことを理解してもらいたいから、こうして無理にとどめている。話せば長い物語ですが、そもそも、ここにぼくが連れられてきた時から始めていいでしょうか？」

このいとこが亜梨紗に対して邪念を抱いたとして、もし肉体を征服しようというのが目的だとしたら、眠っている間にいろいろなことをしたはずだ。自分がまだ服を着せられたまま、ただ手の自由だけを奪われているというのは、彼の目的がそれだけのものではないということだ。

「この状態で私に出来ることは、俊介さんの話を聞くことしかないみたいね。つもる話があるのならお聞きします。私だってあなたのことをほとんど知らないで今まできました。関心がないわけではありません。なんといっても伯父さまの息子さんなのですから」

「それなんですがね、先生がぼくをなぜ養子にしたか、その経緯をご存知ですか」

そう問われて、亜梨紗は首を横に振るしかなかった。

「あなたは孤児だと聞きました。伯父さまには奥様はおられなくて、親戚づきあいもしない人でしたから、ともあれゆくゆくは孤独になる。その時に自分の面倒をみてもらう人が必要だと思って、あなたを養子にとったのだ――と言われていました。そうではなかったのですか？」

俊介は頷いた。

「確かにそうです。でも、先生にはもう一つの目的があったんです。ちょっと人には言えない目的ですが」

亜梨紗は眉をひそめた。彼がほのめかしたことは、家族や親族のなかで流布した噂に関係している。

「確かに親戚のなかでも、あなたは伯父さまのお稚児さんとしてもらわれたのではないか、と言う人もいました。それだったら伯父さまはゲイということになるでしょう？　一度は結婚もされたわけだし、それまでもそれからも、伯父さまはゲイとしてふるまわれたことはありません。その時も今も、私は信じていません」

「そのとおりです。亜梨紗姉さんがよくご存知だったように、先生はヘテロセクシャル——異性愛の人でした。ですから結婚もした。もっともあまりにも性格が違いすぎ、すぐに失敗だったと気づいて離婚した。もちろんゲイではないんです」

「だったら……あなたがお稚児さんだという説には根拠はなかったわけね？」

俊介は頷かずに首を傾げてみせた。

「ゲイではなかったけれど、少年が好き、そういう場合もあるんです。ヘテロなんだけど、少年だけは性欲の対象になる人。だったらゲイだろうと思われるかもしれませんが、そこが微妙に違う。少年でもまだ男性としての体格にならない以前の少年を少女として扱う——なんていうのかな、ペニスを持つ少女を好む性癖というか……。先生はそういう性格だった」

亜梨紗にはショックな情報だった。

「信じられません。伯父さまがそんな趣味だったなんて」

「それはそうでしょうね。でも、そうだったのです。先生は、イギリスに留学中に、そういう店のようなところに行ったんじゃないかと思います。つまり少年を女装させて、男たちの相手をさせる店。ヨーロッパのアンダーグラウンドでは珍しいことではありません。そこで目覚めたというか味をしめたんです。つまり、まだ幼いぐらいの美少年のアヌスに……」

「……」

俊介が口にした言葉は亜梨紗にとって衝撃的だったが、それゆえ、信用させる効果もあった。健吾がアヌスを犯すのをことさら好む男だということは、亜梨紗が二年の間、身をもって体験したことだ。

俊介は亜梨紗の内心を見透かしたように頷いてみせた。

「分かるでしょう？　先生はアヌスに執着する人だった。ただゲイではないから成人した男性には興味がない。まだ男にならない前の少年の、アヌスを犯すこと、ペニスを持つ少女に変身させて自分の快楽のオモチャにすること、それが好きだった。だからぼくが拾われたんです。自分の老後を見越して、財産を相続してもらうかわりに面倒をみてくれる人が欲しかった、という深刻な事情ももちろんあったわけですが……。ともあれ、大勢の孤児たちの中からぼくが選ばれたのは、一番、女の子にしやすかったから」

「そう言われても、にわかには信じられません」

やはり伯父の健吾と少年愛という言葉がうまく重ならない。

「そうでしょうとも。もちろん先生もそういう趣味のことは絶対に口外しなかった。亜梨紗姉さんが信じられない気持はよく分かります。ぼくの言葉を信用してもらうためには、なにか証拠が必要でしょう。その証拠がこれです」

俊介は机の上に置いてあった書類のなかからポラロイド写真をとりあげ、机の向こうの動けない亜梨紗によく見えるよう、手を突きだすようにして掲げた。

一人の少女が映っていた。かなり大きなベッドの上に半分、上体を起こすような形で仰向けに横たわっている。

年齢は十歳、小学校五年生ぐらい。ほっそりした体つきで白いハーフスリーブのワンピースを着ている。

白いボタンの列が上から下まで続くセンターオープン。襟元と裾にフリルがついて裾は短い。すんなりした足には白いソックス。これで麦わら帽でもかぶせれば、避暑地の別荘で暮らす上流階級の夢見る少女だ。

髪は頬の下あたりまでのボブで、前髪はおろしている。利口そうで愛らしい少女が少し恥じるような、それでいて媚びるような笑顔でカメラを向いている。

「それが……？」

亜梨紗は怪訝な顔になった。

「まだ分かりませんか」

愉快そうな顔になって、俊介はもう一枚のポラロイドを掲げた。

「まあ……!」

最初の驚きの声は怒りを含んでいた。亜梨紗の目にはロリコン性向の好色な男がいたいけない少女をだまして撮影したような猥褻な写真に見えたからだ。

同じ少女が、今度は完全に仰向けに横たわって、目だけをカメラに向けている。顔は前より笑いが消え、拗ねたような印象が強い。

同じワンピースドレスの前ボタンが上から下まで全部外されて、前ははだけられている。下着は白いキャミソールとパンティだけでブラは着けていない。そしてパンティは膝のところまでひきおろされ、股間がまるだしになっている。

その股間には……

「まあ!」

二度目の驚きは、純粋な驚きの声だった。

股間に秘毛はなく、女の子には無いものがそこに露呈されていた。

やわらかく垂れ、先端は包皮に被われているペニス。

「男の子……。だとすると、これが?」

亜梨紗はポラロイドを見、俊介の顔を見、またポラロイドを見、もう一度俊介の顔を眺めた。

確かに、これが俊介だと分かるものは少ないが、一度、そうだと分かれば、やや濃いめの眉、すっと通った鼻筋、ふっくらした唇の形、とがった顎、すべて目の前の俊介に通じる。ただ前髪をおろしたおかっぱの髪だということ、女の子のドレスを着ていることで、簡単にだまされてしまったのだ。

「この写真は、ぼくがここに引き取られて間もなく、先生が撮ったものです。場所は先生の寝室。このベッドでぼくは毎晩、弄ばれた」

俊介が真上を指さした。二階のそこが健吾の寝室なのだ。

彼はさらにもう一枚のポラロイドをとりあげた。

「亜梨紗姉さんにお見せするのはちょっと抵抗はあるんですがね、ぼくも自虐的なところがあるし、これから言うことを信じてもらうためには、やはり見ていただいたほうが理解が早い」

今度のポラロイドに映っていたのは、前の写真の少女がもっと成長した時の姿だった。つまり俊介が中学生になってからだろう。

セーラー服の姿だった。それは亜梨紗の通った聖グロリア学園の夏の制服。すなわち白地の半袖にセーラーカラーには白線が二本、スカーフが臙脂《えんじ》色、紺の襞スカートは二十四本のプリーツ、星形の校章がワンポイントになった白いソックス。

「ひッ」

まるで鞭打たれたかのように亜梨紗は悲鳴に似た声を洩らしてしまった。

セーラー服の彼女は後ろ手に縛られ、臀部を宙に突きだすようにして、カーペット——明らかにこの書斎の——の上に腹ばいにされている。ボブの黒髪は同じスタイルだが微妙に違う。そしてセーラー服の胸はふくらんでいる。並の少女ぐらいに。

顔をねじるようにこちらに向けているのだが、その唇には白いスカーフのような布を嚙ませるようにして猿ぐつわがされていた。少女の目は悲しそうでもあり怯えているようでもあり、また陶酔しているようでもあった。

亜梨紗に驚きの声をあげさせたのは臀部だ。パンティは脱がされ片方の膝のところにからまっていて、アヌスも、下向きに垂れているペニスも見えている。

そしてアヌスはぽっかりと穴が開いている。それは伯父の抽斗から誓約書を盗み見た時、鷹栖瑛子が被写体だったものの一枚と同じだった。その洞窟の奥から白い液が垂れているのも。

ただ暎子のとは一カ所だけ違う。

やや萎えて垂れているが、まだ包皮は翻展してピンク色の亀頭の全容を見せている若い牡の器官。その真下のカーペットには白い液が飛び散っていた。

臀部の二つの丘は真っ赤に染まり、ところどころドス黒い。縦横に走る蚯蚓腫れからして間違いなく鞭の痕だ。

「これが、亜梨紗姉さんがここへ通うようになった頃。だからぼくは中学二年生ということになる。分かったでしょう。先生はこういう趣味だったんです。いや、こういう趣味もあった——と言うべきかな」

その写真を書類が入っていた封筒に戻しながら、俊介はゆったりと革張りの椅子の背もたれによりかかり、逃げられないよう椅子にくくりつけたいとこを見つめた。

「これでお分かりでしょう、亜梨紗姉さん。ぼくがどういう理由でここに連れられてきて暮らすようになったのか」

亜梨紗は年下の美青年の目を覗き返すようにした。

「最初から聞かせてくださる？」

「いいですとも」

俊介は語り始めた——。

第七章　暴君の肛虐肉人形

――俊介は、健吾と養子縁組する前は岬《みさき》という姓だった。

父の姓でも母の姓でもない。どこの誰の子だか分からないため、身許の知れない乳幼児の孤児を預かる施設でつけられた姓と名だ。

汐見市の沿岸を数キロ南へ下ると、商都ときわ市との境界にトド岬という岬がある。その中ほどにある別荘地の、とりわけ大きい別荘の植え込みの陰に、バスケットの中に入れて置き去りにされていた生後三カ月ほどの乳児が見つかった。たまたま滞在していた別荘の持ち主――有名な作家だったが――が発見者で、彼の名前の一字をとって、下の名前は俊介と命名された。もちろんその作家にはまったく心あたりはなく、なぜ彼の敷地に乳児が置き去りにされたのかは謎のままだ。

俊介は小学校に入るまでを汐見市の乳幼児施設で、それからは就学児童を収容するときわ市の養護施設で過ごした。孤児は、義務教育が終了するまで公的な組織が面倒をみる。学校は一般の公立校だ。

俊介が五年生になった時、突然、彼を養子にという人物が現れた。それが鳴海健吾だったわけだ。

彼が、俊介のいた県の施設『若鯨園』に現れる数日前、小学校のプール授業でプールサイドにいた俊介は、外から金網ごしに彼を見つめている初老の男性に気がついた。

背が高くて痩せて、日本人とは思えぬ厳しい顔をした初老の男だった。俊介にしてみれば、自分の祖父ぐらいにも思えた。もちろん言葉を交わしたわけではない。

その時、近くにいた同級生の女の子たちは、彼の注目は自分たちの水着姿にあると誤解して、教師に言って奇妙な見物人を遠ざけてもらうと憤慨していた。彼の関心の的は、実は少女たちではなかったということを、俊介はあとで知った。

なぜなら、彼を養子にと望んできたのが、その時の人物だったからだ。彼はこれから里親になろうとする子供を〝下見〟にやってきていたのだ。

養親は身許がしっかりして経済的に余裕がある人物であれば可能だ。養子縁組は家庭裁判所が審査するが、鳴海健吾は教育者として評価の高い人物だったから、あっさり審査をパスしたらしい。

一カ月後、俊介は鳴海俊介という名前になって『若鯨園』をあとにした。学校でも施設の中でも、美少年で柔弱な体質の彼は陰湿ないじめの対象になっていたから、どちらを去るにしても何の未練もなかった。だからそういう悲惨な境遇から救出してくれた健吾に対し、俊介が感謝と思慕の念を抱いたのは当然だろう。

その新しい父親の本心が、性的玩弄物としての〝ペニスのついた美少女〟を求めてのことだと知ったのはずいぶん後のことだった。

狷介なようでいて教師生活の長かった健吾は、俊介を巧みに支配する術を心得ていた。その基本原理は飴と鞭である。

本質はサディストだが、少年の俊介に対しては、保護者としての立場を強調した。彼に愛されれば、保護を得られる。新しい学校でもいじめに遭いそうになると養父はすぐ学校にのりこんできた。

もし彼の信頼を失なえば、あの施設に戻されてしまう。そのためには厳格な規律にも喜んで従わねばならない。彼の意向に沿わず機嫌をそこねた場合は、きびしい体罰が待っている。それは当然のことなのだと教えこんだ。

一方で彼は少年愛の世界に巧みに俊介をひきこんでいった。

入浴は常に一緒で体を洗ってやり、自分の体を洗わせた。性器も肛門も。

その一方でイギリスを中心とした外国から秘かに入手した少年愛に関するポルノグラフィ

ーを少しずつ見せて、それが特異な行為ではないと思わせていった。

さらに少女の洋服や下着、カツラなどを用意して、最初は一種の遊びとして女装を実践させていった。

俊介が自分の性的玩弄物だと推測されるのを恐れ、健吾は彼の頭を常に坊主刈りにしていた。その彼がカツラを着けるだけで少女に変身する快楽を俊介自身に味わわせた。坊主頭が嫌いだったから、俊介はやがてカツラと共に女性の下着や衣装をつけることが楽しみになった。

少年に限らず男性は変身願望が強い。特に自分が美少女に容易に変身出来ることを知った美少年は、変身遊戯が性的な願望と一致してゆく。つまり自分の中の女性に対して欲望を抱く。女装癖はそうやって強化される。

ひきとった時はまだ精通をみていなかったそんな少年を全裸にして、「成長検査」という名目で、陰毛も生えていないペニスを愛撫し、揉み、やがて口で吸いしゃぶり、勃起させた。

俊介の最初の射精はひきとられて二週間後だった。

弄ばれることが屈辱だけでなく快楽を生み、自分が苦痛でも、養父が快楽を味わえるのなら、それもまた自分の快楽になる——という条件反射づけは、ごく短期的な教育ののちに成功した。それはたとえば、女性のパンティを穿くと、その生理的精神的な刺激によって自動的に勃起し、欲望をかきたてられてしまう——というような反射行動として、俊介の脳に刻まれた。

毎日のように指や器具で拡張訓練を受けた彼のアヌスは、養父の巨根を徐々に受けいれさせられ、二週間目には完全に呑み込むことが出来た。

一ヵ月後、この養父の望むことならどんなことでも厭《いと》わず、献身的に奉仕する、という少年が出来あがっていた。

少年のアヌスを犯しながら、健吾は彼のペニスを愛撫し、ほとんど同時に射精しては楽しんだ。

俊介は、夜が来るのが恐ろしくもあり、待ち遠しくもあった。

塾の授業を終え、家政婦の用意した夕食を共に食すのが習慣だったから、それまで空腹に耐えながら勉強しなければならない。

食事の後は養父と入浴し、養父の俊介に対する愛撫と玩弄、俊介の養父に対する奉仕はその時から始まる。

入浴後は少女の衣装とカツラを着けさせられてベッドに入り、縛られたうえで少年愛ポルノのビデオ、写真、本などを見せられ、昂奮させられた状態で養父の巨根をくわえさせられ、最後はアヌスを串刺しにされて同時射精にいたる——。それが睡眠にいたるまでの日課だった。

中学生になるまで、そういう日々が続いた。

養父が同時に女性たちにも同じようなことを要求し快楽を味わう、本来はヘテロセクシャルなサディストだということに気がついたのは、ずっと後のことだ――。

そこまで聞かされた亜梨紗は、質問せずにはいられなかった。

「ということは……伯父さまはあなたを女の子のように、ゲイのように扱ったんでしょう？子供の頃にそういう体験した人って、ゲイになるというじゃないですか」

俊介は苦笑して顔の前で手を振ってみせた。

「いや、幸か不幸か、ぼくはゲイにはなりませんでした。バイセクシャルでもないかな。少年であれどんな年齢であれ、今のぼくは男性にはまったく性的な興味はありません。確かに以前は、幼年、少年時代に同性との性的体験を重ねるとゲイになる――と思われてたんです。ところが、最近の研究によれば、たいていの少年は、子供の時期に同性愛的な体験をしますが、それにしてはゲイになる比率は少なく、比率はほぼ一定なのです。今の医学では、ゲイはあくまでもＤＮＡに同性愛遺伝子をもつかもたないかの問題で、後天的にゲイになるってことはないと分かっています。そりゃ、ぼくも小学生のうちは何も分からないから、先生に弄ばれ、吸われれば、快感も味わっていたし、それが当たり前のことだと言われてそれを信じてお相手をしていました。それでも結局、ゲイにはなれませんでした。今では男性に抱かれる気は毛頭ありません。先生との関係も高校生になってからはまったく無かったのです」

「じゃ、伯父さまは、その後は……？」

「先生も男として成熟してしまったぼくには興味を失なって、その段階から当たり前の父と子の関係にようやく至りました。ぼくを諦めたあと、男の子に興味を抱くことはありませんでした。ぼくの知るかぎりはね……。最近は人妻や熟女まで交際範囲のなかにあったようです」

　その言葉は、責め道具の抽斗の中にあった黒いパンティのことを思い出させた。

（では、あれは伯父さまの交際相手だった人の……？　でもまだ湿っていたというのが分からない）

「ぼくが先生の教育にもかかわらず、女性に興味を抱き、先生に抱かれるのを嫌がるようになると、先生は苛立ちました。いろいろな罰を受けましたよ。縛られるのはもちろん、鞭で打たれたり、さまざまな折檻《せっかん》を受けたり……。同時に飴ももらいました。彼の言うことをきいた後は、今度はぼくの言うことを彼がきいてくれるんです。たとえば、それが亜梨紗姉さんでした」

「えッ、ど、どうして私なの？」

そこで俊介は、亜梨紗が眠りこむ前の話題に戻った。

「言いましたね。ぼくは二年間というもの、亜梨紗姉さんと一緒に英語を学んだ――と。あれは本当だったのです。一緒に学んだからこそ、あなたはぼくの姿を見ることがなかったんです。矛盾していると思うでしょうが」

亜梨紗はいとこの言葉に困惑するだけだった。

「分からないわ。どういうことなのか」

「じゃあ、最初の授業の時のことを覚えてますか。ぼくは覚えてますよ。動詞ライドの活用を言わされたでしょう」

「ええッ!?」

「最初のテストでは三十五点しかとれなかった。だから腿とお尻を六十五回叩かれましたね」

「そんな……!」

亜梨紗は手を縛られていなければ飛びあがったに違いない。

あれは伯父と二人だけだと思っていたからどんなことでも耐えることが出来た授業だったのだ。

ところがいま、それをすべて見ていたもう一人の生徒がいたという。他ならぬ俊介が。

「じゃあ説明しましょうか」

青年は立ち上がって亜梨紗のところに来ると、彼女ごと椅子をくるりと反転させた。そうすると廊下側の壁に面した本棚と向かいあう。ドアが右手にあり、それ以外は壁に組み込まれた本棚が床から天井までを占めている。

「見てください、この柱」

本棚の間に、木の柱が立っていた。壁一面の本棚はその柱によって真ん中で二分されているように見える。

柱は見える部分には黒褐色の光沢をもつ鏡板が貼られ、真ん中には浮き彫りで竜のような彫刻がほどこされた小さな鏡がかけられている。

柱はニスを厚く塗られ、今は黒ずんで鈍い光沢を放っていた。太さ——というか、こちら側から見る幅は六十センチぐらい。柱も、掛けられている鏡も、亜梨紗にとっては見慣れた光景の一部分でしかない。

「その柱がどうしたというの？」

「この柱、本棚の荷重を支えるにしては、太すぎると思いませんか。ふつうは間仕切り程度の板材でも十分でしょう？」

「そう言われても……」

「実は、これ、空洞なんです」

そう言いながら俊介が胸の高さのところで柱の角に触れると、魔法のようにその部分がパカリと開いた。

「あっ！」

驚きの叫び声をあげた亜梨紗。

柱は、実は中空の箱だった。こちらに面した鏡板化粧の板は蝶番によって開閉できる、高さ二メートルほどの隠しドアだったのだ。精巧なロック機構がついていて、一度外側から閉じられると、内側からはどんなに暴れても開けることは出来ない。

「来て、見てごらんなさい」

俊介は意外な力を発揮して、椅子ごと亜梨紗を柱の傍まで動かしていった。

促されて亜梨紗はおずおずと突然現れた空洞を覗きこんだ。

正面は内矩寸法で六十センチほどだが、奥行きは九十センチほどあるだろう。肥満体の人間には難しいだろうが、すんなりとした体格の少年や少女なら、さほど苦労することなくその空間に身を潜ませることが出来る。

もっともほとんど身動きが出来ないから、長時間閉じこめられたら、かなりの苦痛を味わうことになるだろう。

さらによく観察してみた。柱に見せかけた縦長の筐体は内側はベニヤ板が貼られ、よく見ると体がすれあったような跡が認められた。

それほど頻繁に、この中には人間が収納されたということだ。

腰の高さに出っ張りが設けられていた。わずかに腰をかけて体重を分散できるようになっている。立ったままでいる苦痛を軽減させるための工夫だ。

内側に押しこめられた人間の顔面の高さは円形に刳《く》り貫《ぬ》かれていた。鏡の裏面を見ることになる。

「この鏡はマジックミラーなんです。この中は常に暗いから、誰もマジックミラーだということに気がつきません。巧妙な装置でしょう？」

俊介の言葉を疑う根拠はなにもなかった。

「ああ……、そんなことってあるの？　私が伯父さまにいろんな恥ずかしいことをされている姿を、全部あなたに見られていたということなの？」

いとこのショックを和らげるように美青年は語った。

「ぼくを先生の共犯者だと思わないでください。ぼくもまた犠牲者だったんです」

「どうして」

「どんな格好でぼくがここに閉じこめられていたと思います？」

「どんな格好？」

「夏でも冬でも服は着せられなかった。裸でした。下着一枚は許されましたが、それは亜梨紗姉さんのパンティでした」

亜梨紗の口がパカッと開いた。しばらくそこから声が出なかった。

「まさか……、私の……？」

「ええ、あなたは授業が終わるとパンティを置いてゆかされた」

そのとおりだ。

「ええ、伯父さまは毎回、その日のパンティをとりあげて、洗ったパンティを返してくれた」

「つまり、一枚を先生に預けたところで一枚戻ってくる、というシステムでしょう」

「そう、そのとおり……。えッ、としたらあのパンティは」

亜梨紗は思わず赤くなった。

「ええ、洗ったのはこのぼくです。中学生時代、そういうことはすべてぼくがやらされていました」

「知らなかった」

「ただ、すぐ洗うんじゃないですよ。汚れたパンティは次の授業でぼくの口に押しこめられたんです。猿ぐつわとして。もちろん、初めは、以前個人授業を受けていた別の女性のパンティでしたけどね」

「えーッ……」

今度こそ亜梨紗は声を失なった。

「うそ、どうして……」

「それは……言いにくいことでもあるんですが、ぼくが好きだったからでしょうね。先生はぼくがゲイにならず、ふつうのヘテロの性愛に目覚めてゆくのを見て、今度は新しい飴を用意した。つまり異性の肉体に対するフェティシズムを刷りこみ、その結果としてそれらを飴としてぼくに与えたのです。その極点が、このボックスです。ああ、ぼくと先生の間だけですが、これを〝ボックス〟と称していました」

「伯父さまがこれを造ったの？」

「いや、この家を建てた銀行家が造らせたのでしょうね。本来は盗賊の目をごまかす隠し戸棚なんです。先生もここにこんなものがあることに気がついたのはずっと後でした。棚が何段か設けられていたのを先生はすべて外して、ぼくを閉じこめることが出来るようにしたのです」

その改造は、亜梨紗が伯父の授業を受けることが決まってからだという。どうやら健吾は、自分の養子が叔母に連れられてきた美少女の姪に強い関心を抱くのを見て、奇妙な二重の支配ゲームを思いついたようだ。

「え、あの、俊介さん、それで、私に関心というのは……？」

それもまた、意識を失なう前に俊介が口にした言葉だった。

思い出した亜梨紗が問い返すと、初めて俊介は照れたような笑いを浮かべた。

「いや、白状します。その頃は自分の本来の性欲に目覚めてきて、異性が欲しくて仕方なかった。先生に吸われている時も、ぼくは誰か女の人のことを思い浮かべて、やがてそれは亜梨紗姉さんに収斂《しゅうれん》されていったんです。当然ですよね。あの頃、ぼくが接することが出来たなかで、あなたが一番魅力的だった」

健吾は、自分に反抗的になってきた養子が憧れる少女を、自分がいかに徹底的に支配していくかを見せつけることで、奇妙な仕置きとしていたのかもしれない。

亜梨紗は赤くなった。両手が動かせるのなら顔を覆ったはずだ。

「いやだ！　それじゃ俊介さん、伯父さまに徹底的に辱められていた私をずっと傍で見せつけられたわけでしょう？　私に対する憧れなんかすっ飛んでしまったことでしょう。伯父さまも残酷なことを……」

これまで、亜梨紗は、俊介は自分と伯父の関係を知らないだろうと思いこんでいた。

彼が死んだと聞いた時も、遺品の中から自分に関するものが発見されるとは思っていなかった。

最後に会い、彼によって処女を喪失させられたあと、亜梨紗は伯父からこれまで撮られたすべてのポラロイド、そして誓約書を取り戻していた。もちろんすべて焼却してしまった。あとは日記の類に記されている自分のことだが、伯父は、「そこに記されているのは特殊なニックネームと記号だけだ。誰にも解読出来るものではない」と安心させた。

実際、その一部分を見せてもらったが、亜梨紗はライザという別人になっていて、しかも行為はすべて授業に関連した言語に置き換えられていた。第三者がその文章から読みとれるのは、彼がライザなる生徒にさまざまな英語の科目を教えているという記述だった。

しかし記録を破棄しても何の意味もなかったのだ。俊介はこの柱の中にいて、二年間、酷薄専横かつ好色な英語教師の倒錯した性欲を満足させるための卑猥きわまりない授業を覗いていたのだから。

俊介は白い歯を見せて「あはは」と笑った。

「なにを言ってるんですか、亜梨紗姉さん。あの狭い空間の中で汗まみれになったぼくは、いつもあなたの美しさ、愛らしさに魅せられていた。あなたをそんなに徹底的に支配出来て、ふだんの百倍も魅力的な姿に変えることが出来る伯父を、ぼくはどんなに憎み、同時に尊敬したことか。……分かったでしょう？　ぼくと亜梨紗姉さんは同じ身分だったんです。先生という暴君に仕える奴隷。でも、おかげでレベルの高い高校の英語を、ぼくは中学生で完全にマスターしてしまった」

俊介は軽く頷いてみせた。

「先生はサディストだったから、男であれ女であれ、自分の権力の前にふるえあがり、罰や拷問を受けて泣き叫ぶのを見るのが好きだった。ぼくが反抗出来ない年齢のうちは、ぼくは言うなりになるしかなかった。その関係が微妙に変わってきたのが十四歳頃です。ぼくはようやく反抗期に入り、先生との性的関係がうとましくてならなかった。ところが先生のほうは先生のほうで、たとえぼくの肉体が中性的な魅力を失なってゆくとしても、サディストとしての愉しみはあったわけです。なかでも、片思いであれ、ぼくが恋してしまった相手を先生が自由にする——という倒錯したシチュエーションが気にいってしまったんです。それは一種、恋人のカップルを襲って、男性の目の前で女性を犯すような所業に似てますね」

亜梨紗のことをひと目見て好きになった養子を見て、そういうふうに思ったというのは、やはり健吾が徹底したサディストだったからだろう。

それまで、個人授業のありさまは誰にも見せたことがなかった健吾は、姪に関心を抱く俊介に、その一部始終を見たければ、見せてやろうと告げた。そのかわり、そのあとで自分の欲望に奉仕するということが条件だ。

俊介は一つだけ飴を多く要求した。それが亜梨紗の穿いていたパンティを借りるということだった。それ以前の個人授業で下着を穿かずに塾の行き帰りをさせていたから、健吾にとってはいとも容易い条件ではあった。

もちろん授業への参加は〝ボックス〟の中。

開始前に亜梨紗のパンティを口の中に押しこめられ、女性もののパンティ一枚を着けた裸で緊縛され、押しこめられる。下にパンティを穿かされるのは、そのことによって俊介がいためつけられるからだ。

いかに伸縮性に富んだ素材で作られたパンティでも、それを穿かされた少年が激しく昂奮した場合、その膨張した器官を圧迫することになる。怒張すればするほど苦痛は増し、そのあげくに射精することもある。俊介はその拷問を甘美なものだと思うようになっていた。

一番初めのヌードレッスンの時、亜梨紗が全裸になり、縛られた瞬間、俊介は射精した。それが彼の、生まれて初めて眼前に見た女性のヌードだった。

授業が終わるまでにもう一度、射精した彼は、亜梨紗が帰った後に秘密の隠しドアを開けた養父によって濡れた股間をしゃぶられ、亜梨紗の脱いだばかりのパンティの汚れの匂いを嗅がされてまた勃起を強要された。

それから寝室に連れてゆかれ、猿ぐつわを外されるとかわりに養父の巨根を押しこまれた。しばらくシックスナインを楽しんだあと、健吾は縛りあげたままの養子をさまざまな体位で串刺しにして肛門性交を楽しみ、直腸の中に噴きあげて果てた。

それ以来、亜梨紗が授業を受けるたびに養子の彼はボックスの中に押しこまれるのが常だった。

亜梨紗が来るのは五時。その前にボックスに入らねばならないのだから学校が終わればすぐ帰らねばならない。部活どころではなかったわけだ。

「不思議なものです。ぼくは亜梨紗姉さんが好きだったから、出来るだけお仕置きが少ないように願っていました。同時に、お仕置きの回数が多く、それもひどい責めかたで責められるのを望んでもいました。先生はその矛盾をぼくに味わわせて苦悩するのをかえって喜んで見ていたようです」

「それって、すごく残酷だと思う」

「当然です。残酷であればあるほど悦ぶ人だったんですから。ですが奇妙なぐらい、正反対のこともする人だった」

「どういうこと？　私やあなたに優しくしてくれたことがあったかしら？」

「亜梨紗姉さんに対しては、誓約どおり英語の成績をあげてくれたじゃないですか。上位五十番どころではなかった。卒業した時は確か七番ぐらいだったはず。単なるサディストだとあそこまでしないでしょう。それに、性的な快楽だってたっぷり与えてくれたでしょう？　ずうっと指と口だけだったけれど」

亜梨紗は頰が紅潮するのを覚えた。

「私が口とアヌスで奉仕させられたのは知ってるのでしょう？　あそこにずっと居たのなら」

「ええ、もちろん。それでも先生はすごく時間をかけられた。先生の巨根をアヌスに受けられるのはゲイの男性でも少ない。ぼくもじっくり時間をかけて調教されましたからね、おかげさまで今でも健康なアヌスのままでいる。感謝してますよ。まあ、奴隷として拾われ、オモチャにしてくれた人に感謝するというのも妙な話ですが」

「自分の欲望を満たすだけの行為ですよ」

「それが、そうでもなかったんです。これからはちょっとショッキングな話になります。亜梨紗姉さんが処女を失なった日のことです。それは、先生が生きている間の、最後の訪問だった」

再び椅子ごと元の位置に戻された美しい国際線フライトアテンダントは、机を挟んでハンサムなマスクのいとこを、挑むような目で見つめた。

「じゃあ、私がどのように伯父さまに女にさせられたか、俊介くんも一部始終を見ていたのね。あの時聞かされていたら死んでいたと思う」

第八章　性愛器官の奉仕

――それは、聖グロリア学園女子大の入学式を目前に上京するという日だった。健吾は早くからその日を〝解放の日〟と定めていた。

最終的な一つの儀式を経て、誓約によって生じた自分たちの関係を終わらせる日だと。つまり亜梨紗は伯父に処女を奪われるのだ。初めてセックスを味わうということでもある。

いとこの挑むような視線を平然として受けとめながら、俊介は言った。

「見ていただけじゃないのです」

「えッ⁉」

亜梨紗は、その言葉の意味を計りかねた。

「先生が、男としての勢いを失ないつつあったことをご存知でしょう。それが亜梨紗姉さんの処女喪失を遅らせた原因だったんです。先生にとって女性の性器とアヌスは逆転していたんです。だからアヌスは犯しやすいが、性器を串刺しにするのは、より困難だった。不思議ですがそうだったんです。今では勃起促進薬がバイアグラをはじめいろいろ発売されていますから、先生もさほど苦労することはなかったでしょうが」

そこまで言ってから、今度は右袖の一番上の抽斗を開けて、名刺入れを取りだした。

（あ……）

それは左袖の一番上、鍵のかかる抽斗のスペアキーを入れてあるはずだった。さっき見た時、その中にはスペアキーはなく、小さな薬の瓶が入っているだけだった。

「たぶん、亜梨紗姉さんはこの箱の中を覗いたでしょう。ええ、分かってるんです。なぜなら、それを仕向けたのは先生だったんです。先生が鷹栖瑛子に、あの誓約書のことをあなたに教えるように仕向けたのですから」

亜梨紗は殴られたような衝撃を覚えた。

（そうだったのか……。道理で私の帰りを待ち伏せして、頼みもしないのに伯父さまの秘密を教えてくれたわけね）

俊介は名刺入れの空き箱の中から小さな錠剤ケースをとりだし、マジシャンが観客に見せるように持ち上げ、回転させた。

「まあ、それはともかく、今はこの錠剤が入っています。何だと思いますか、勃起促進剤ですよ。バイアグラ。先生は最近、これを使っていました。そのおかげで、先生の性行動も元のとおりに活発だったようです。一番ひどかったのが、あなたが去ったあたりから一昨年ぐらいまでかな。先生が亜梨紗姉さんのあと、個人授業の生徒をとらなかったのはそのためです。というわけで、個人授業でヌードレッスンやら誓約やらをやらされていた最後の生徒は、亜梨紗姉さんでした」

「そうなの……」

てっきり、死の前日までかつての自分のような少女を弄んでいたとばかり思っていた。

「ですが、これが命取りだったのですね。かかりつけの医者は、先生からバイアグラの相談を受けていました。体質的に禁忌症状があったので、使うべきではないとアドバイスしたのですが、やはり試してみたかったんでしょう」

「ということは……、寝ている間に死んでいたというのは嘘だったのね。先生はそれを服用して誰かとセックスしていた」

「そうです。その最中に心臓発作を起こして死んだのです。真相はその女と、その時に呼ばれた医師だけしか知りません。なじみの医者でしたから、バイアグラのことは隠してくれました。セックスの最中だということもね。……これは亜梨紗姉さんだけに話すことです。養父の名誉は守らねばなりません」

「分かりました。でも、伯父さまは長い患いで苦しんだわけではなく、楽しみの最中にアッという間に亡くなったのなら、それはそれで幸せな死に際だったのじゃないでしょうか」

「うん、ええ……。そう思いますよ、ぼくも」

少し沈黙があって俊介はまた語りだした。

「亜梨紗姉さんの最後に来た日のことを覚えていますか？　あの日が最後だからということで、まだバージンを守り続けていた亜梨紗姉さんは先生にそれを捧げ、それが最後の奉仕だということになった。実は先生はもう、正直言って処女を破るのは無理だった。それほど勃起力が衰えていたのは、あなたが一番知ってる」

そうだった。誓約の時はあれほど強かった彼の男性欲望器官は、亜梨紗が三年生になった頃から、かつての奔馬のような力を失なっていった。

いろいろ責めている時は、激しく勃起し、透明なカウパー腺液が溢れでてくる。亜梨紗が唇と舌で奉仕している時も、鉄のような硬さと熱を帯びている。だがほんの数分たつと、凌辱のための器官は力を失ない、射精に至ることなく萎えたものが引き抜かれるのだった。射精を遂げるのは、最終的には亜梨紗の手、あるいは口の中という場合が多かった。

男のいわゆる中折れ状態は、誰でも中年の域に達すると必ず体験するものだ。

当時、健吾は五十代の半ばを過ぎていた。それまで中折れ状態にならなかったのが不思議なほうで、それだけ精力が強かった男なのだろう。

ただ、この中折れはかなり心理的な要因が影響する。一回、その状態になると、次にセックスする時、「またダメになるのではないか」という不安が自己暗示となって失敗に導かれてしまう。そういう悪循環による中折れが多いのだ。

たまたま持っていたダイエットのための浣腸座薬を見つけられたのを機に、健吾は教え子の姪に迫り、自分の奴隷となることを誓わせることに成功した。

「だから私は、誓約したと同時に処女を奪われると覚悟していたんです」

まだ両手の自由を奪われている亜梨紗は、俊介に告げた。

「そうですか。でも、伯父はちょっとした事情がありました。その後遺症に悩まされていたんです」

俊介は亜梨紗が知らなかった事情を説明した。

健吾のほうは、その直前、誰か別の処女を誘惑し犯そうとして、強靭な関門に妨げられ、ついに果たせなかった屈辱的な経験を味わったことがあったらしいというのだ。

「そうだったんですか……」

亜梨紗は昂ぶると愛液は泉のように滾々《こんこん》と湧きでるタイプだが、指でさぐってみると関門にいたる緊《きつ》さは、アヌスのほうがまだラクに思えるほどだった。

処女を相手に惨めな敗退をした体験が、健吾をして亜梨紗の処女をすぐに奪う意欲を削いだらしい。

そのかわり彼の調教欲は亜梨紗のアヌスに向かった。

わずか十歳の少年だった俊介でさえ、彼の手にかかれば二週間で巨根を受け入れられるほどに拡張されたのだ。強靭の度合いが個々に違う処女膜と違って、アヌスは誰でも根気よく訓練を施せば拡張してゆくものだ。

女でも少年でもアヌスを犯すことに関心のつよい健吾は、これまで何度もアヌス拡張を行なって、アヌス凌辱の経験が豊かであったから、彼の関心がアヌス調教に集中したのも当然といえば当然だ。

「おまえのバージンは、誓約が終わるその日におれに捧げるのだ。それまではアヌスでおれを喜ばせろ」

そう言って、集中的にアヌスを辱めて愉しむようになった。

たとえば、誓約した当日がそうだ。

家に電話させせて、さらに一時間の余裕を得た健吾は、完全に自分の奴隷とすることに成功した美少女に、まずアナル・オナニーをさせた。

アナル・オナニーは犯される者に自らの手でアヌス刺激をさせることで、アヌスに快感帯が存在することを自覚させ、それが結局は拡張訓練に繋がる。

全裸の亜梨紗は書斎でアナル・オナニーの訓練を受けた。

床に二十センチ四方ほどの鏡が置かれ、美少女はそれを跨ぐようにしてしゃがむよう命令された。

下を向くと、自分の秘唇とアヌスのすぼまりが映っている。真っ赤になって恥じらう女子高生に、健吾は潤滑ゼリーを与え、それで肛門の菊弁を入念に潤滑させた。

ふつう、肛門のことを意識する人間は少ない。それは見えにくい場所にあるからだ。排便時によほど異常が感じられない限り、そこを見てみよう、探ってみようという人間は少ない。そこに興味を抱くだけで嫌悪と忌避の念が湧いてくることもある。

伯父に見守られながら亜梨紗はしゃがんで排便する姿勢をとり、自分のアヌスを鏡に映して、おそるおそる麻酔薬入り医療用の潤滑ゼリーを指で丁寧に菊弁の周辺に塗りこめていった。途中から秘唇が大量の愛液を溢れさせ、鏡の上に透明な液を糸にして滴り落とし、ちょっとした水たまりを作ってしまった。

次に肛門の中に指を少しずつ入れさせ、潤滑ゼリーを直腸の奥にまで塗りこめさせるのだ。一本の指が入ったら二本、二本の指が入ったら三本を挿入させ、肛門と直腸の構造を指先と鏡の像で確認しながら潤滑マッサージを丹念に行なわせる。

それから、小型のバイブレーターを渡された。先端が小指の先ほど、根元が親指ほどの太さて、膣ならばもの足りないと思うぐらいのものだ。

これをアヌスから挿入させ、バイブレーションをきかせながら直腸壁と肛門括約筋のあらゆる部分を刺激させる。

この段階から亜梨紗は、アヌス刺激で昂奮を覚えていた。愛液はさらに溢れ、バイブを動かしているうちに強烈な快感を覚えて呻き声をあげてしまった。

「ほう、これは前途有望だな。よし、これからはこいつを毎日、押しこんでおくのだぞ」

健吾は奇妙な形のものを持ちだし、処女のよく潤滑されたアヌスにねじこんだ。

それは三本の細い針金を円錐状にしたものを軟質のシリコンゴムでくるんだものだった。中心にあるネジを底にあるツマミで回転してゆくと、円錐状だった形は先端が開いて銛《もり》のような形になってゆく。

アヌスに押しこんでおいてツマミを回すことで、それはちょっとやそっとのことでは抜けないアナルプラグと呼ばれる栓になってしまう。

その操作を実演させてから、健吾は片膝をついてしゃがんでいる亜梨紗の前に仁王立ちになり、ズボンの前のふくらみを触るように命令した。

間接的であっても生まれてはじめて触る男性の欲望器官だ。恥じらうのを命令しながら好色なサディストは従順な新米奴隷に指示をくだし、男を喜ばせるタッチの仕方を覚えさせた。

次にファスナーを下ろさせて下着の中に手を滑りこませ、そこでガチガチに硬くなり、焼けるような熱を帯び、ズキンズキンと脈動している勃起した肉をまさぐらせ、指の使いかたを教えた。

そしてついに、伯父の分身を引き出させた。

「ああ……」

眼前にバネ仕掛けのように飛び出したそれを見て、亜梨紗は驚きの声を洩らし、目をまるくしてまるで邪悪な蛇でも見るかのような畏怖する表情になった。

伯父はさらに、怒張した器官を愛撫するやりかたを教えてから、透明な液をにじませている巨根に接吻させた。

――一時間のレッスンのあと、アヌスにアナルプラグを装着されたままの美少女は、伯父の熱い激情の迸《ほとばし》りを口腔に受け、一滴余さず吸いとり呑み干すことを要求された――。

「よし、初回にしてはまずまずだ。これは御褒美だ。ありがたく受けとれ」

健吾は指を使って姪のクリトリスを刺激し、若鮎のような瑞々しい肢体がビンビンと跳ねるようにしてのぼりつめるのを楽しそうに眺めた。亜梨紗は伯父が熟達したフィンガーテクニックの持ち主であることを知った。

この初老の男は、男根の力こそいささか失せてはきたが、その精力といい、体験に裏づけされた女を喜ばせる技術といい、女を進んでひれ伏せさせるに値するオーラといい、とても並の男たちが太刀打ち出来るような人間ではなかった。それは社会に出て何人かの男性と体験してきた亜梨紗が、改めて実感したことだった。性的なパワーという点で、伯父にまさる魅力の持ち主にはかつて会ったことがない。

亜梨紗は命令を守り、熱心にアナルマッサージを実施し、学校にいる時も、体育の時間を除いてアナルプラグを押しこんでパンティを穿くようにしていた。

その効果で、亜梨紗の排泄器官は浣腸座薬を施されたあとは緊張が緩み、かなりの太さのものを受けいれられるようになった。

そして一週間後、ふだんは休みである土曜日の午後、〝特別授業〟という名目で亜梨紗は洋館を訪ね、残酷な伯父の怒張を根元まで受け入れることに成功した。

自分の姪のアヌスを犯すという、倒錯の極限に味わう昂ぶりによってか、この時は健吾も中途で萎えることはなかった。

自分の穿いていたパンティを口に押しこまれて猿ぐつわを嚙まされ、後ろ手に縛りあげられた全裸の亜梨紗は、強烈な肉のピストンを叩きこまれているうちに、脳が痺れ子宮が溶け崩れるような甘美な快感を味わった。

最後は指で刺激されながらオルガスムスを味わわされ痙攣する若い肉体の締めつけを愉し

みながら、健吾もまた甘美な噴射を遂げたのだ。

　――そうやって一年間、ヌードレッスンはさらに過激なＳＭレッスンへとエスカレートしていった。同時に英語の授業もさらに厳しくなった。覚えなければならぬ知識の量は増え、読み書き話すスピードもさらに加速されていった。

　個人授業が一時間長くなったぶん、亜梨紗が受ける苦痛と快楽も増した。最後は必ず伯父の巨根をアヌスに受け、直腸に射精を受けた。もっとも、そこまで到達する回数はどんどん減っていったが……。

　だから一番最後の誓約の期限が切れる日、〝解放〟の日に、伯父によって処女膜を突き破られた時、亜梨紗は苦痛のさなか、驚嘆したのだ――。

「お願いがあるんですが」

　俊介があいかわらず敬う口調と態度で言った。こういう言葉づかいをしながら、客人に睡眠薬を飲ませ、意識を奪って椅子に縛りつけたのだ。

「なんでしょう」

「あの日、最後にあなたが処女を奪われた日のことを、語ってくれませんか」

　亜梨紗は少し驚いて眉をあげてみせた。

「どうして？　あなたはあの時も柱の中にいたのでしょう？」

「ええ。それでもあなたの口から聞いて再現してみたいのです、記憶をね」

どうしてそんな方法で記憶を再現したいのか、その理由はまったく分からなかったが亜梨紗は頷いた。

「いいですよ。そんなに聞きたいのであれば……」


——もちろん、あの日のことを亜梨紗は、ついこの前だったかのように思い出せる。

やはり少女にとって、処女を捧げ、自分の性愛器官の奥深くに男を初めて受け入れるという出来事はひとしお感慨ぶかいものがあるからだ。

だから亜梨紗は半目を閉じるようにして意識を過去に向けた。

「ふつうなら出会いがあってすぐに捧げる処女を、別れの日に捧げたのだから、順序としてはかなり異常な処女喪失でしたよね……」

そのことを当時の亜梨紗は、他の男性との比較する体験がないために中折れ現象ということにも気づかず、伯父が自分の処女を奪わないのは、御馳走のなかの御馳走を最後に残すのに似た心理かと思いこんでいた。

誓約の条件として、主人である健吾は、亜梨紗を本校進学に必要な順位、五十番以内に導くために全力を挙げると言明していた。彼の側からの誓約は、二学期の期末テストで亜梨紗が上位十位に入ることで達成されていた。

――儀式の日、汐見の街は季節はずれの雪に見舞われていた。三月末に降雪をみるのはこの地方としてはかなり珍しい。

（これが最後なんだ……）

亜梨紗は聖グロリア学園女子高のセーラー服に袖を通しながら、感慨を味わっていた。明日は、東京・夢見山の本校に行くため上京する。必要な荷物は寮のほうにすでに送られていた。

「健吾先生にお礼を言いに行ってきます」

家族にはそう言って、傘をさして家を出た。春休みで塾も休みだ。だから午後の早い時間から儀式は始まると言い渡されていた。

春の淡雪は、洋館に着く頃にはほとんど溶けてしまっていた。

（この門をくぐるのも、これが最後……）

そう思ったのは、亜梨紗は彼女なりに決意していたからだ。

上京を機に伯父とはきっぱり縁を切ろうという決意。二度と会わないという決意。

もちろん処女を捧げるのは誓約したことだから実行するが、今夜、この家を出たら記憶からさえも伯父のことを締め出そうと決めたのだ。

（はたして、それが可能なのかどうか……）

だが、これからも長い間、心理的にも伯父に支配される人生は選びたくなかった。二年間という屈従の果て、亜梨紗はようやく自立の衝動を覚え、過去を振り捨てたくなった。それは親の保護下で支配されていた少年少女が、反抗期になって親の翼を厭い、自分の力で羽ばたこうとする現象に似ている。

そういう心理状態は、本校から合格通知が届いてから顕著になった。やはり若い情熱は未来に向けて燃えるようだ。亜梨紗はこの二年間、ひたすら健吾のしごきに耐え英語漬けになっていた、セックス奴隷としての環境とはまったく違った環境で、自分の世界を広げたくなったのだ。

その決意は、何も言わなかったが、健吾には伝わっていたようだ。解放の日以後のことについて、彼は一言も口にしなかった。自分が徹底的に奴隷として調教しつくした教え子を、もうこれ以上、繋ぎとめておく魅力が自分から失せていると自覚しているかのように。

洋館はシンと静まりかえっていた。その時も亜梨紗は不思議に思ったはずだ。

（春休みなら家にいてもいいのに、俊介くんの気配がない）

書斎には石油ストーブが燃えていた。

「ふむ、その制服姿は、今日はひときわ印象的だ」

いつもどおりキチッとウールの背広を着こなした健吾が、心境を述べる言葉を吐いた。それはめったにないことなのだ。彼もいくぶん、センチメンタルな気持になっていたのかもしれない。

「さて、それでは奴隷の境遇から解放される日がきたことを祝って、まずは乾杯とゆくか」

書き物机の上にはシャンパンの小瓶があり、グラスが一個。

「はい、ご主人さま」

そういう言葉を使うのも今日で最後だと思いつつ、セーラー服の美少女はシャンパングラスによく冷えた泡立つ液体を注ぎ、一口を含んだ。

「……」

そのまま椅子にくつろいでいる健吾のところに行くと、伯父は姪の襞スカートの尻を自分の膝に載せて抱いた。

唇を伯父の唇に押しつけ、口の中の甘い美酒を唾液とともに伯父の口の中に注ぐ。グラスが一個しか用意されないのは、亜梨紗の口がグラスとして用いられるからだ。

「む……」

喉を鳴らして泡立つ美酒を呑み干した伯父は、自分が調教しつくした女子高生奴隷との別れを惜しむかのように一瞬、激しく強く姪の唇を吸った。

次の瞬間、彼はいつもの冷酷で仮借のない暴君になっていた。

「亜梨紗。おまえのエンジンを全開にしておこう。この机の上でオナニーをしろ。最初はセーラー服もパンティも穿いたままだ。たっぷり濡らせ」

「はい、ご主人さま」

黒いストッキングだけを脱がされて書き物机の上に載った亜梨紗は、ふだんとは逆の向きをとらされた。

自分の椅子に座ってふんぞり返っている伯父に向けて股を広げ、処女の秘密ゾーンをさらけだすのがいつもだったが、その日だけは反対の向きになるように言われた。つまり自分が座っていた椅子を向いて。そこには観客はいない。真正面にはぎっしりと本が詰まった本棚があるだけだ。

（へんなの……）

不思議に思ったが命令の根拠を訊くことなど許されないのが奴隷だ。言いつけどおりに本棚に向かって股を広げ、スカートをたくしあげて白いパンティの股間をさらけだした。

（ああ、私の姿が映っている……）

その時、真正面の柱にかかっている、彫刻の枠が嵌まっている長楕円形の鏡に気がついた。

そんなに大きくはない鏡面に自分のあられもない姿が映っている。

カーッと体が熱くなった。いつもこの密室で、伯父以外は誰の目にも触れない環境で居続けた。今日、その鏡に自分の姿が映っているのを見、まるで鏡が第三者――覗き魔のような存在を思わせた。なぜ、その日だけ急に鏡に人間の目のような印象を抱いたのか、説明はつけようがない。それまで一度として注意して見たことはなかった。

「気を入れてやれ。思いきり濡らすのだ。濡れが少ないなら、アヌスに蠟燭《ろうそく》を垂らしてやる」

その言葉に亜梨紗は震えあがった。クリスマスの時、健吾は亜梨紗のアヌスにそれを実行したのだ。絶叫しながら彼女はオルガスムスを味わったが、それまでの灼熱の苦痛を思うと、二度と体験したくない責めではあった。それから数日、火傷を負ったアヌスのために排泄の時、苦しまねばならなかった。

「はい、ご主人さま……。ああ、ううッ、はあ、はう、う……」

この書斎に入った時から、条件反射的に亜梨紗の秘部は潤い始める。だから股布の上から秘裂の谷に触れるだけで、すぐに二重の布を通して愛液がにじみ出てきた。酸っぱい処女の匂いがその部分から立ちのぼる。シミはみるみる広がり、まるで尿を洩らしたようだ。

「よし、それだけ濡れたらいいだろう。脱げ。真っ裸になれ」

全裸になるとアナルバイブが抽斗から取り出された。

今度は机の上で四つん這いになり、前と同じように鏡に向けて臀丘をふりたてながらアヌスに細いバイブを打ちこみ、一方の手で秘部をまさぐり、二つの快感帯を刺激する自慰行為だ。

額に汗を滲ませ、快美の呻きを噛み殺しながら自分の前と後ろを辱める女子高生の、紡錘形に垂れた乳房を揉みしだく健吾。彼も昂ぶってきた。椅子から立ち上がりズボンの前を開けると、若者のようにいきりたち、青筋をたてた逸物を引きだした。

「あうう、う……」

口の中に太く熱いものがねじこまれ、即席の嵌口具《かんこう》になった。

必死になって舌を使い、唇を使い、アナルバイブを操作し、秘核をこねる美少女の全身は桜の色に染まっていった。

「あう、う……うっ、あああーッ！」

ついに最初のオルガスムスが爆発した。口にくわえていたものを吐きだし、同時に喉の奥から絶叫も吐きだした亜梨紗。

「こいつめ、ご主人さまのモノを吐きだしていいと言ったか」

暴君は一度のぼり詰めた亜梨紗を這わせた姿勢のまま、肉が満ち、皮膚の張りつめたツルンとまるい双丘を、最初は手で、次に定規、次にラケットで打ちのめし、最後は乗馬鞭を用いてさんざんに叩きのめした。

書斎に残酷な炸裂音が響きわたり、悲痛な少女の叫びが交錯した。

「ひーッ、ああッ、お許しくださいッ、ご主人さまぁああ！」

この一年、健吾の好みに合わせて長く伸ばした黒髪が宙に踊った。机の上で跳ね躍る若い裸体から汗の滴が飛び散る。

二つの臀丘は、ついに血が滲むほどに真っ赤に腫れあがった。

健吾は乗馬鞭を投げ捨てた。さすがに息が荒い。

「ここまで調教したか。我ながらよくやったものよ」

また、めったに言わぬ述懐を口にして、這わせた姿勢のままで浣腸座薬を二個、直腸に押しこみ、薬が効果を発する前に麻縄で後ろ手にきつく縛りあげた。

「あうー、ああッ、う……。ご主人さま、お許しくださいませ。もう我慢できません。あー……」

腹部で暴れ回る便意に苦しみ悶える後ろ手縛りの全裸処女。健吾の欲情は極限まで膨らんだ。

ギリギリのタイミングでトイレに引き立てて排泄させ、洗浄器でアヌスを洗う。そこはもうポッカリと洞窟のように穴が開いている。まだ男に侵略されたことのない前の関門は、その奥からとめどなく薄白い液を溢れさせている。

「やはりここは愉しまないとな」

英国紳士ふうの男は着ているものを脱ぎ捨て、弱いものを食い尽くさずにはおかない野獣になった。

潤滑ゼリーを塗りたくった怒張をふりたて、床に這わせ、尻をたかだかと持ちあげさせて、亜梨紗のよく訓練された直腸を串刺しにして快美な締めつけを愉しむ。

彼は長いことピストン運動を続けてから、珍しく萎えていないものをぐいと引き抜いた。

今度は黒い絹布の目隠しをした。目隠しをするのは、次の行動を予期させぬ責めの場合だ。たいていは蠟燭責めだった。

だが、熱蠟は襲ってこなかった。代わりに音楽が聞こえてきた。横手の壁に組み込まれたオーディオ装置にセットされたＣＤだ。ラヴェルのボレロ。最初は静かに始まる演奏だが、最後は壁も抜けるかという大音響でフィナーレになる。

「いよいよだぞ、最後のご奉仕だ、亜梨紗」

床に正座させられた。ウインザーチェアに腰をおろした健吾が、股を広げ、彼女の首根っこを摑んで引き寄せる。

まったく萎えていない、タラタラとカウパー腺液を吐きだしている肉を、もう一度くわえさせられ、濃厚なフェラチオを求められた。亜梨紗は誓約以来、徹底的に叩きこまれた技術を駆使した。

ラヴェルのボレロはしだいに大きな音量で鳴りだした。

頭を押しのけられた時、亜梨紗はいよいよ、処女を捧げる瞬間が来たと悟った。健吾はアヌスを犯す時、椅子に座って屹立の上に亜梨紗の体を載せるのを好む。

「待て」

だから健吾がそう言った時、何があったのだろうかと思った。

ガタ。

何かがぶつかり擦れるような音がした。何があったのか、音の発生源と正体を亜梨紗は突き止められなかった。オーディオスピーカーからの圧倒的な音楽が他の音を吹きとばしてしまう。

しかし、長く待たされることはなかった。

（やはり……）

健吾が椅子に座った。椅子が軋む。健吾の鼻息は荒い。

「来い」

耳元で声がし、髪を摑まれて立たされた。健吾に向いて股を広げ、彼の腿を跨ぐようにすると、秘唇に熱い、硬いものが触れた。怒張しきって濡れている亀頭の先端だ。一年以上も舌で奉仕してきた凌辱のための器官が、ようやく本来の目的を果たすのだ。

（さよなら、バージン……）

亜梨紗は震えながら待った。腰に手がかかりペニスが秘唇のあわいにあたった。照準はついた。ボレロはもう最終部だ。耳を弄するフルオーケストラ。

「うぬ」

健吾が唸った。

ぐいと下向きに力がかかった。亜梨紗は腿の力を抜いて体が沈むに任せた。鋼鉄のように硬い肉が処女の関門に下から突きあたった。

激痛が脳天まで走り、目隠しされた瞼の裏で花火が散った。フルオーケストラのボレロはまだ書斎の空気を沸騰させている。

ペニスはぐいぐいと肉の狭い関門をこじあけ、亜梨紗は悲鳴をあげ続けた。まるで十字架にかけられた罪人が刑吏の槍で刺し貫かれる時のように。

「あーッ！　ああ、あー……、あうう！」

ふいに一番鋭い痛みが全身を駆け抜けたかと思うとズンという衝撃を子宮に感じた。処女肉器官の抵抗線が突破されたのだ。逞しい牡の男根が若い性愛器官の奥までいっぱいに占拠し、その瞬間、亜梨紗は完全に自分が主人に屈服させられたと知った。

二度、三度、亜梨紗は突きあげられた。指が秘核をまさぐり刺激する。その快感は裂けた苦痛を忘れさせた。

そしてラヴェルのボレロは掉尾《とうび》のフレーズに壁も崩れるばかりの音量で突入していった。

「あううう！」

音楽にかき消されそうだったが、耳元でせっぱつまった呻き声がした。指の刺激はさらに強まり、亜梨紗はイッた。

「あーッ！」

その瞬間、また呻き声が聞こえ、次の瞬間、演奏は終わった。

静寂。

そして亜梨紗は薄れゆく意識のなかで、膣奥にドクドクと射精される感覚を生まれて初めて味わった——。

目隠しされているのが残念だった。

第九章　前後貫通の儀式

「これが、あの日、処女を捧げるまでのすべてです。そのあとのことも聴きたいですか？」

亜梨紗の告白を、まるで告解を聴く神父のように、机に肘をついて両手を組みあわせた姿勢で聴いていた俊介が顔をあげた。

「いえ、そこまででいいです。……しかし、懐かしい。あなたがセーラー服を着たまま、ぼくの方に向かい、やってみせてくれたオナニー。まざまざと甦りました。あれで柱の中にいたぼくの心臓は破裂するかと思いました。いつもは逆の向きでしたからね」

「じゃあ、あなたのためだったのですね。あの日だけ向きを変えていろいろさせられたのは……」

「そうです。ぼくが頼んだのは別のことでしたが、先生はこれが最後ということで、ぼくの目にも見納めをさせてくれたのでしょう。だってあなたはぼくの永遠の、片想いの恋人だったから。それを先生は知っていましたからね。あなたが脱いで置いていったパンティにぼくがどんなに夢中になったか……」

「あの時のパンティは、もちろんあなたに与えられたのでしょう？」

「ええ、まだ持っていますよ。アメリカのアパートの壁に飾ってあります。あなたの破瓜《はか》の血を拭いました。だからあのパンティにはぼくの精液と、あなたの愛液と、破瓜の血がこびりついている。だから最高の思い出なのです」

亜梨紗は眉間に皺を寄せた。それから頷いてみせた。

「あなたの精液？　ああ、その後でオナニーをして精液をかけたということ？」

俊介は少し口ごもった。それから驚くような言葉を口にした。

「違うんです。あなたの貫かれた膣から溢れてきた、ぼくの精液です」

「そんなことは……。私、俊介さんのペニスを受けいれた記憶はありません」

「それはそうでしょう。先生はそのことをあなたに分からせないよう、いろいろ工夫しましたからね。亜梨紗姉さんはあの時、先生の態度で、ふだんと変わっていたことを覚えていませんか」

亜梨紗は考えてから答えた。

「私はあの時、インサートにはもっと時間がかかると思った。それ以前、口で奉仕させられても、射精まで至らせられないこともあったから。でもあっけないぐらいだった。まるで若者のように伯父さまは猛り狂って、私の処女を奪いました。私の血は伯父さまの腿を汚したはずよ」

「違うんです」

養父を野辺に送り、生前の約束どおりに遺産を譲り受けた若者はいとこを遮った。

「どこが？」

「あれはぼくだったのです。亜梨紗姉さんは目隠しをされていたから、フェラチオの時とインサートの間で、先生とぼくが入れ替わったのに気づかなかった。あの時、ぼくは全裸で後ろ手に縛られ、口には猿ぐつわを嚙まされた状態で隠し戸棚から引き出されたんです。その時に物音がしたのですが、ラヴェルのボレロでかき消されたはずだ。もちろんあなたが先生に責められている姿を見て、激しく興奮して、勃起は下腹にぴったりくっつくぐらいの強度だった。先生はぼくの背後にいて落語の二人羽織のように自分の腕をぼくの腕のように見せかけて膝の上に抱き上げ……」

「うそ！」

思わず亜梨紗は叫んでいた。

「うそじゃないことは、あなたにも分かるはずだ。なぜあの時にかぎって、衰えて中折れや遅漏が激しくなっていた先生があなたに勢いよく入りこみ、ほとんど間を置かずに射精したのか……」

「そんなバカな……。そんなバカなことって、ある？」

強い衝撃を受けた亜梨紗の声はうわごとのようだ。

「先生は、あの日を最後に、あなたがもう二度とあの邸に帰ってこない、いや、この町に帰ってこないと確信していました。先生から離れたひとは、鷹栖瑛子は例外ですが、たいてい恨むようになる。氷河が溶けて陸地が盛り上がるように、容赦なく支配し屈服させ抑圧したことの反動がくるんです。ですからあの日がぼくにとっても、亜梨紗姉さんに会える最後の日だった。先生は片想いのぼくをさんざんじらしておいて、最後に思いを遂げさせてくれたんです……」

確かに健吾は、驚嘆すべきアナル調教技術の持ち主だった。少年時代からなぜか女性の肉体のなかでは膣よりアヌスに執着する彼が少年愛にたどりついた理由も、少年のアヌスが一番、柔軟性、弾力性に富んでいるからなのだ。第二次性徴が顕著になるにしたがい、少年はその柔軟性を失なってゆく。

だから最初から健吾は、養子にした俊介のアヌス賞味期間は数年と読んでいた。養子が異性愛に目覚めて彼の要求を避けるようになるのも計算ずみだった。やがては男らしい肉体に育ち、女装しても違和感が目立つようになった俊介に対する欲望も失せていった。しかしそれは俊介が高校生になるまでのことで、中学時代の俊介はセーラー服のよく似合う、彼の理想とする〝ペニスを持った美少女〟であり続けた。だから鞭で威圧しながらも、次第に異性に対する関心をつのらせる養子に、飴として姪の成熟してゆく魅惑的な肉体を眺めさせ、処女の分泌物を吸った下着を与え、そして最後に処女そのものまで与えることを決意したのだった――。

「そうだったの……。じゃあ私が処女を捧げたのは伯父さまではなく、俊介さんだったのね……」

「そういうことなんです。黙っているべきでしたか。ですが、やはり知っておいてほしかった」

「どうしてですか？　あれから何年もたって、伯父さまが亡くなった今、どうして、私に打ち明ける気になったんですか」

「それはやはり、ぼくが亜梨紗姉さんとは見えない糸で繋がっていることを知ってほしかった。亜梨紗姉さんの中ではぼくは卑小な存在かもしれないけれど、ぼくの中ではあなたは最初の女性です。知ってますか？　ぼくはあの瞬間、あなたに童貞を捧げたんです」

新しい事実を告げられて亜梨紗はショックを受けた。

「童貞……。俊介さん、それまで経験はなかったのですか」

「もちろんですよ。ぼくは奴隷でした。先生が他の誰か、特に女性との接触を許すはずが無かった」

亜梨紗は沈黙した。しばらくして口を開いた時、彼女の態度から何かが溶けて消えていた。

「教えてくださってありがとう。私が考えていたのより素晴らしい儀式だったのね、あの解放の儀式は」

「そう思ってくれますか」

「ええ、素晴らしいじゃないですか、処女と童貞を結びつけてしまうなんて……。伯父さまにお礼を言いたいくらい」

「ぼくはあまりにも早く射精してしまったので、あなたを感じさせるヒマもなかったと思い、ちょっと落ちこんでいたのです。だってほんの数回でイッてしまいましたからね」

亜梨紗は明るい笑い声をあげた。その頬は紅潮し、目はキラキラ輝いている。

「バカね、処女を奪ったばかりで女をイカせることを考えるなんて。それは無理です。でも伯父さまが私のクリトリスを刺激してくれたので、あなたがイク前に私もイッてました」

「そうなんですか。ギュッと締めつけられてそれで引き金を引かされたんですが、じゃあ、あの時に……」

「そうです。でも、あの後、アヌスにも、もう一度、膣にも入れられました。何が何だか分からない状況だったけれど、どうなっていたんですか？」

「アヌスはぼくです。一度出した後でしたから、アヌスのほうではあなたも喜んでくれたのではないかと思います」

「そう、あっちが俊介さんだったの。じゃもう一度、前に入ってきたのが？」

「先生です。ぼくに亜梨紗姉さんを犯させてみて、それですごく昂奮していましたね。バイアグラを使う以上の効果があったんじゃないですか。関門が無かったから成功しました」

解放の儀式が終わって体を清めた後、亜梨紗はナプキンを装着した生理ショーツを穿いた。もうノーパンでこの洋館を出る義務はない。

彼女は健吾に交渉し、主人ではなくなった男は彼女の希望を受けいれた。誓約書、ポラロイド写真などがすべて返却された。もっとも、破瓜の直後の性器のクローズアップ写真など、顔が映ってなくて絶対に亜梨紗と分からないもの数点は残された。

「強い決意でしたね。先生はやはりあなたがいなくなってから落ちこんでました。精力も衰えましたからね。休暇になるとあなたがまた訪問してくるんじゃないか、とぼくは心待ちにしてたんですが……。結局、今日の今日まであなたは二度とここにやってこなかった。それほど忌まわしい記憶だったですか」

亜梨紗は自分の処女を奪った若者に慰めるような笑顔を向けた。

「そうではないの。イヤじゃなくて、惹きつけられるのが怖かったのよ。一度戻ってきたら、今度こそブラックホールに呑みこまれたみたいに伯父さまから逃れられなくなるかもしれない……。それほど奴隷だった期間は、私には甘美きわまりないものだったんです」

「じゃあ、あれ以来、伯父のような人物に会っていないんですか。縛られたり辱められたりしたいという願望は消えましたか」

「とんでもない。あなたがさっき百人一首で喩えたから私も挙げますけれど『みかきもり、衛士《えじ》のたく火の夜は燃え、昼は消えつつ物をこそ思へ』……かな」

「大中臣能宣《おおなかとみのよしのぶ》ですね。好きな歌だ。……では欲望はくすぶり続けていたんですか。これまでつきあった男性のなかにそういう欲望を満たしてくれる人はいなかったですか？」

「運が良かったか悪かったか、それは分からないけど、いませんでした。そういう欲望が湧いてくると、一人で自分を縛ったり、自分で自分のお尻を打ったりして、オナニーで解消していました。想像するとおかしいですね？」

「そんなことはありません。ぼくだって同じようなことをしていました。相手のことを思いながらオナニーしたことでは、ぼくは亜梨紗姉さんには負けません。そちらは一度も無かったでしょうから」

「いいえ、そんなことはありません。あなたは洋館のどこかにいたはずなんだから、たとえば浣腸されてトイレに連れてゆかれる時、バッタリお部屋から出てきたあなたに出くわして……なんてシチュエーションを想像したりしました。でも、その時の俊介さんは、いつも坊主刈りの中坊でしたけど。ごめんなさい」

「いや、オナニーのなかでそういう役割に使っていただけただけでも感激です」

温かい雰囲気が流れたので、亜梨紗はさっきから思っていたことを口にした。

「もう、私を縛る必要はないんじゃないかしら。いえ、縛りたければまた縛ってもいいですけど、実はトイレに行きたいの」

「そうですか。それは失礼しました。そろそろ解こうかなと思ってはいたんです。亜梨紗姉さんが帰ってしまわれるのが怖くて、無理に列車に乗れなくしてしまおうと睡眠薬を紅茶にまぜてみたんです。今日しか話しあう機会がないと思い、せっぱ詰まった思いにとらわれて……。気分を害されたのなら謝ります」

俊介はいとこを椅子から解放し、亜梨紗はトイレへと向かった。便座に座りパンティを引きおろして、秘部が濡れているのに初めて気づいた。最近にない、失禁したかと思うような濡れかただ。

書斎に戻ると、俊介は誰かと電話で話していて、それが終わったところだった。

「もう、こんな時間なんですね……。あなたの陰謀は成功しました。いずれにしろ私はここに泊めていただくしかないみたい。本当は次のフライトまで一週間のオフがあるので、時間的なことでは問題はありません」

「でしたら、もっとゆっくりしてゆかれませんか。ひと晩といわず」

亜梨紗は考え深い目になった。

「何を考えているんですか、俊介さん。また陰謀ですか」

俊介は驚いた顔になった。

「どうして分かったんです」

「正直な人ね。あなたが誰かに電話をしていたから、ひょっとして……と思っただけ。血は繋がっていないのに癖は伯父さまのを受け継いでいるようね。次の責めを考えている時の伯父さまと似た顔をしています」

俊介は破顔し頭をかいた。

「いや、こちらに帰ってきて、先生が腹上死したということを知って、その女と会ってみたんです。今かけたのはその女です」

「かつての教え子か誰かですの？」

「それが、不思議なことに教え子の母親なんです。未亡人で三十六なんですが、どう見ても二十代にしか見えないひとで、尻を叩かれるとそれだけでイクような、そんなマゾヒストです。先生の調教のせいもあるでしょうが、その前の亭主というのが教えこんだらしい」

「羨ましいわ」

男女の会話はどちらも囁くような声になってゆく。

「羨ましいですか。禁欲が長かったようですね。ぼくのほうは男ですから、いろんなことを試す機会はありました」

「それも羨ましいわ」

「ですが、亜梨紗姉さんのような女性は居なかった。まあ、居るわけがない」

「そんなことはありませんよ。今の話に出た女性だっているわけですから」

「そうそう、泰子《やすこ》の話だ。実はその人——徳大寺《とくだいじ》泰子というんですが、駅前通りに先生が持っている貸店舗があって、一度そこに英語教材屋を開こうと思って買ってしまった物件らしいんですが、そこを借りて住みながら商売をやっているんです。ランジェリーショップです。調べてみたら契約はしているのに家賃を一度も払っていない。つまり先生は、泰子の捧げる肉体を家賃として受けとっていたらしい」

「そのかたが羨ましいわ。伯父さまも死ぬまで愉しんでらしたことが分かって、それも嬉しいことです」

「たぶんバイアグラのようなものが手に入ったので、気が大きくなったんでしょうね。ぼくも熟女というので驚きましたが。実は、昨夜、ここに泰子を呼んで話しあいました」

「ああ、そうだったんですか！」

突然に亜梨紗が甲高い声を出したので、俊介は驚いた。

「何が、そうだった、なんです」

「そこの抽斗に入っていたパンティ。私、ここに入った時、懐かしくてちょっと開けてみたら、黒い上等なパンティが入っていました」

「そう、それを穿いていた女です。帰る時にパンティを奪いました。ノーパンで帰らせていた先生のスタイルを思いだして」

「ということは、その泰子さんは、あなたに体を捧げたのですね」

「ええ、まあ……」

「なんて羨ましい。あ、続きをどうぞ」

「それがですね、泰子は先生に誓約書を書いたというんです。父はいろんな記録を金庫に入れていまして、それの番号が分からなくてちょっと苦労しました。ともかく、そうしたら原本が出てきました」

「まあ、熟女の未亡人にまで書かせていたんですか……」

「もちろん日本語です。奴隷誓約書って書いてあります。有効期間は年末まで。その間、先生は泰子を自由に出来るし、家賃はそちらで代替するとハッキリ書いてる」

「それって法的に有効なんですか？」

「弁護士にそれとなく相談したら、奴隷誓約書なんて、そもそも公序良俗に違反しますから、まあ無効だという話でした。だとすると彼女は店と住居を明け渡さなければなりません。ちょっとダメージを受けるので、ぼくにこの奴隷誓約書による権利をなんとか認めさせようとやってきたんです」

「彼女の言い分は？」

「妙な話なんですが、まだ有効期間中なんだから、奴隷の身分は遺産相続人に継承される、って言うんです」

亜梨紗は思わず笑ってしまった。

「それって、なかなかすごい発想ですね。あなたを見込んだのでしょう。ひょっとしてあなたがサディストなら、伯父さまの魅力的な遺産を相続するのではないか、と」

「だから、ぼくも相続するにたる物件か調べさせてもらいました」

「で、たりたんですね？」

「それは微妙なところですが、魅力的であることは魅力的でした」

「伯父さまがその泰子さんのどこに惹かれたのか分かりませんが、たぶん、アヌスではないでしょうか」

「そうですね、膣に劣らず締めつけがいい。それに彼女はその部分でオルガスムスを得られる希有な体質です」

「でも、そういう熟女さんを、俊介さんが好きだなんて意外です」

俊介が苦笑した。それから少し真顔になった。

「そうですか。うん、熟女さんもタイプによっては惹かれます。実は、熟女を見るとぼくは母親を思い出すんです」

「母親？　実の？」

「ええ。ぼくを捨てた理由は分からないけれど、一度は産んでぼくに乳を与えた母親です。どんな母親か、どうしても考えてしまいます」

「そうでしょうね……」

「いろんな状況が想像されるじゃないですか。たとえば、やっぱり子供に会いたいと思って『若鯨園』まで訪ねて、そうしたらぼくがここにいると聞く。そうしてはるばるやってきて、再会する。そう言われてもぼくには記憶がないですけど、実際の母親だと分かったらどういう態度をとったものか。何十回、何百回と考えました。そういう可能性はゼロに等しい。それでも考えずにいられないのが、捨てられた孤児です。自分についての情報が無い。岬俊介などという名前はあるけれど、どこの誰の子だったのかまったく分からない。それは辛いものです」

「……」

「失礼。つい、よけいなことを口走ってしまった」

「いいんです」

「ともかく、突然、母親が現れてきたら、どういう態度をとるか、という選択肢の一つがスパンキングなんです」

「えーッ」

「おかしいですか。でも、そんなに長いこと我が子を捨ててかえりみなかった、って腹が立つでしょう。だからともかくスパンキングしてやる。反省させてやる。謝らせてやる。そうしてから抱きあいます」

「それで、俊介さんはスパンキングにも興味が……？」

「ええ。そもそもは先生が好きだったせいですよね。ぼくも叩かれたし、教え子もみんな叩かれた。先生はスパンキングしたいがために教師になったんじゃないか、という気がします」

「そんなバカな……」

「いや、そうでもないんです。どうして聖グロリアを定年前に辞めたかというと、辞めさせられたというのが真相らしい。英語部の部長をしていたのですが、部員の女の子が何か失敗すると、呼びつけてお尻を叩いていたらしい。それが保護者にバレて問題になり、辞めさせられた——というのが真相のようです」

「そうだったんですか……。そう聞けば納得出来ます。今日は意外な話ばかりで頭がボーッとしてしまうわ。……ところで泰子さんですが、結局あなたのお母さんの代理をつとめることに？」

「まあ、ぼくの中に潜む熟女志向というか、実母を犯したいという近親相姦願望というか、それを刺激してくれる女だということは間違いありませんから、年末まで先生の相続人としての権利を行使することにしました」

「よかった」

「誓約書にはいかなる時でも奴隷は主人の意向に従う、とありますから、早速、主人の権利を遂行する。いますぐ、こっちに来いと言ってやったのです」

「そうなのですか。だったら私、お邪魔してはいけないですね。タクシーを呼んでいただければ帰ります」

亜梨紗が腰を浮かすと、俊介は手で制した。

「それには及びません。泰子を呼ぶのは、あなたが今夜、ここに泊まることになったからです。でしたら何かおもてなしをしたい。そうなんです。さっき、縛りたければまた縛ってもいいです——と言いましたね。実は縛りたいんです。たぶん、亜梨紗姉さんにはそれが最高のおもてなしだ」

俊介は左袖の一番下の抽斗を開け、麻縄をとりだした。机を回って亜梨紗の傍に立った。

(そういうわけなのね)

瞬時に彼の考えていることが分かった。

「脱ぎます」

命令される前に立ちあがり、ジャケットを脱いだ。黒絹のブラウスを脱いだ。真珠のネックレスと腕時計とブレスレットを外してバッグに入れた。形よいヒップを包んでいたタイトスカートのファスナーをおろし、体をかがめて脱いだ。黒いキャミソールも脱いだ。パンティごとパンティストッキングを脱いだ。

「脱ぎました」

一糸纏わぬ裸身を血の繋がらぬいとこの目にさらした。その頬には血の色が浮いている。

「じゃあ」

俊介は縄をかけた。何年も前、彼の養父が同じ女にしたのと同様に、胸乳を絞りだすような緊い後ろ手高手小手縛り。

「う、うッ……」

肌に縄が食いこむたび、かつての奴隷女子高生、現役の国際線フライトアテンダントは吐息ともつかぬ呻き声を噛み殺した。

「さすがはフライトアテンダントですね。見事なプロポーションだ。ぼくの記憶ではもう少し肉づきがよかった。でも、必要なところはみっしり肉がついて、柔らかそうな体だ……」

賛嘆する目でいい匂いのする全身を舐め回し、言葉を口にした。それから彼女を本棚の柱、ボックスに誘導した。カチリと音がして楕円形の鏡がかかった面が開いた。

ポッカリと開いた空洞〝ボックス〟に裸女は押しこめられ、こちら向きに立たされた。

「では、しばらく辛抱してください。声は出さないように」

俊介は言い、再び秘密の隠しドアを閉めた。

第十章　残酷な肉体征服者

（俊介さんは、こんなところに、私が来るたびに閉じこめられていたのね……）

ボックスの中は真っ暗ではない。マジックミラーの鏡を通して光が指しこむからだ。

大人ひとりだとほとんど身動きできない。前後左右、ザラザラするベニヤ板が肌に押しつけられている。なにかセメントの型に入れられたようだ。実際、ここにセメントを入れられたらたちどころに人体を内包したコンクリートの柱が出来る。

お尻のところにでっぱりがあり、かろうじてそこにお尻を載せると、足の負担が軽くなる。それもでっぱりがお尻に食いこみ、痛くて耐えられなくなるまで。

空気はベニヤ板や木材の匂い、それに黴の匂い。

覗き窓から、真正面の机に座り、書類を眺めている俊介を眺めながら、亜梨紗はいろいろなことを考えないわけにはゆかなかった。

（俊介さんはここに入れられて、私が伯父さまにされるあらゆることを眺め、観察していたのだ……)

それにしても、なんという拷問を健吾は考えたものだろうか。

当時、十三歳ぐらいの少年は女性もののパンティを穿かされて、あとは裸のままここに押しこめられた。膨張する分身がそのまま責めになって、彼は嚙まされた猿ぐつわの奥で苦痛の呻きを洩らしながら、自分の勃起現象を呪ったことだろう。

亜梨紗がさんざん淫らな仕置きを受けるのを眺めているうち、耐えきれなくてパンティの下で射精したことも数えきれなかったと言った。

その時の亜梨紗は、自分の背後の、この狭い空間の中でいとこが苦悶しているのを知らないで、伯父の命令に従い、バイブを使ってアナル・オナニーなどをさせられていたのだ。

彼を、いや、彼のアヌスを自分の精液排出場にしていた伯父は、この少年のことをどう考えていたのだろうか。

愛していたのか、それとも憎んでいたのか。

考えているうちに全身がじっとり汗ばんできた。狭い空間だから体温の逃げ場が少ない。たちまちボックス内部の酸素は欠乏し息苦しくなってきた。

(来た……!)

玄関に車の停まる音がした。タクシーで泰子という女が来たのだ。

俊介が立ち上がり外へ出ていった。やがて三十代の女を従えて入ってきた。

二人は机を挟んで向かいあって座った。さっきまでの俊介と亜梨紗のように。

二人の会話はよく聞こえてくる。

「どういうご用でしょうか」と泰子が聞く。俊介の声はぶっきらぼうだ。

「急に愉しみたくなった。おれは父のオモチャを相続したのだと思い出して、それで呼びだしたわけだ。誓約書には言うなりになると書いてあった」

「……」

女は黙って膝に手を置いて俯いている。高級ランジェリーショップを経営するにふさわしい、存在感のある肉体と顔だ。肉感的で派手な顔だち。黙って立っているだけで男を勃起させるような、そんなエロティシズムが匂いたつ体つき。

「立って脱げ。かわいがってやる」

俊介が命令する。女がびくんと鞭で打たれたように体を震わせた。

(言葉だけで感じてる。本当にマゾだ……)

亜梨紗は感心した。

それにしてもなんという仕掛けだろう。

泰子という女は、女子高生だった亜梨紗がそうだったように、考えもできない場所に第三者がいて、一挙一動を見つめているなどとまったく気づいていない。こちらは胸のドキドキという音がこの空間に響き渡り、泰子の耳にも届いてしまうのではないかと心配になるぐらいなのに。

（こんなところに人を閉じこめて覗き見させるなんて、伯父さまはまったく悪魔的な考えの人だった……）

それも一回二回ではないのだ。養子の俊介が自分の姪に惹かれたのをいいことに、二年にわたり週に三度、三時間をここで過ごさせたのだ。

泰子は立ち上がり、服を脱いだ。今夜も黒い服だ。黒いワンピースドレスを脱ぐと下は光沢のある黒いスリップ。豊満な白い肉体を包みこむ下着姿が、女の亜梨紗が見てもふるいつきたくなるぐらい色っぽい。

俊介は彼女のスリップ姿が気にいったようだ。ブラとパンティストッキング、パンティは脱がせたが、黒いスリップは着せたまま、机に手を突かせて体をかがませた。スパンキングを受ける姿勢だ。

その姿勢をとらせておいて、俊介はパンティストッキングに丸めこまれたパンティを剝がし、股布を広げた。

「すごいね、これだけ糊みたいのをくっつけている。ここに来る間に、ぐちょぐちょ股を濡らすおまえは、とてつもない淫乱女だ」

自分より十歳以上は年上の熟女に向けて侮辱する言葉を浴びせ、机を回ってこちら側に来た若者は、黒いスリップのレースの裾をつかみ、思いきりまくりあげた。

搗きたての餅を思わせる白い球体が二つ、ランプの光を受けて輝いた。亜梨紗も思わず息を呑んでしまうような、美麗な豊臀だった。昨夜、強烈なスパンキングを浴びた痕跡が僅かに残るが、それにしてもむっちりと女の色気が詰まった脂肉のかたまりは食欲をそそらずにはいられない。

「いい匂いがするな。腹が減っているのを思いだした。酒の肴はチーズにするか」

女の秘肉が匂いたっているのを俊介は嘲笑している。右手を伸ばし臀裂のあわいに指をすすめた。

(あ、あんなことをするなんて……)

自分は泰子という女に、これまで一度も会ったことがないのに、たちまち彼女の立場に精神を移入してしまった亜梨紗は、俊介の手で自分のヌルヌルになった秘唇を指で嬲られる感触を確かに味わった。

「あ、う、ううう……」

今は机の天板に顔を伏せるようにしている泰子が腰をくねらせて呻いた。

若者はひとしきり愛液まみれの女の谷間を指で嬲ってから、右手をふりかざした。

ビシッ！

張りつめた脂肉を打ち叩く小気味よい音が書斎に反響した。ビンビンと亜梨紗の鼓膜が振動した。この柱はまるで楽器の反響箱のように、音を増幅する効果がある。

「ひーッ！」

黒髪を振り乱して女が頭を反らせ、背を反らせた。

バシッ！

強烈なスパンキングだ。ガクンと女の体が前につんのめる。

「あうーッ！」

耐え難い苦痛に耐える女の悲鳴、苦悶。サーッと赤らんでゆく白い肌。

（ああ、なんてすてき……）

若者が熟女の臀丘を情け容赦なく平手で打ちのめす光景に、亜梨紗は魅せられ、自分も叩きのめされているかのように、一打ごとにビクビクと体をうち震わせるのだった。まるで泰子という女との間に、目に見えない信号ケーブルが繋がっているかのようで、彼女の感じる苦痛と快感と汚辱が、そのまま伝わってくる。

両方の臀肉が余地のないほど赤い色、赤紫の色、ドス黒い色に染まると、ようやく俊介は打つ手を止めた。彼の手も女の尻と同様、火傷したかのようにカッカと火照っているに違いない。

「あう、うー……」

女は啜り泣いている。その黒髪を摑んで引き立てると、カーペットの床に膝をつかせた。

「さあ、ご奉仕しろ」

頰に涙を伝わせている女が俊介のズボンのファスナーに手をのばした時、亜梨紗は奇妙な感情――ほとんど嫉妬、いや、嫉妬そのものの感情を味わった。

（だめ、それは私のペニス……）

何年か前、目隠しされてそれを見ることが出来なかったが、亜梨紗の処女膜を切り裂いて膣の中に侵入してきた初めてのペニスが、泰子の手によって引きだされた。

（ああ、切ない……）

本来は自分がそれを捧げ持ち、頰ずりし、撫で、下の袋までくるんで柔らかく揉みしだき、濡れた赤い亀頭にキスし、やや塩辛い液を舐め啜るはずなのだ。

そんな自分を無視するかのように泰子はうっとりした顔になり、若牡の逞しい力を漲らせている器官をまず手で愛撫し、それから肉感的な唇に含んだ。舌を茎部に這わせた。

（上手だ、このひと……）

そのテクニックからして、セックスの体験は豊富とみた。

口の中に唾液をいっぱいに満たして行なう舌の回転。ズルズルブチューという淫らな摩擦音。これが童貞だった時代なら、俊介はたちまち快感の極限点まであっというまに追いやられてしまったことだろう。

「……」

少し眉をひそめ、瞑想する僧のような表情の美青年の顔は、亜梨紗が夢ではないかと思うほど魅惑的だ。あの坊主刈りのひ弱な中学生が、今の俊介だと誰が思うだろうか。途中で人間がいれ替わったのではないだろうか。

思いが千々に乱れる亜梨紗の眼前で、頬を紅潮させ、太く逞しい肉根がまるで美味な食べ物ででもあるかのように、泰子の口腔に呑み込まれ、再び姿を現す。キツツキの頭のように泰子のそれが前後に激しく往復運動を繰り広げる。

「よし、上のお口はそれまで。今度は下のお口だ」

ぐいと腰をひいてズボッと引き抜いた俊介が、未練そうな目つきで見上げる女の頬をひっぱたいて命令した。

女はスリップを脱がされ、全裸にされた。亜梨紗のいる柱に向いて四つん這いにさせられた。俊介は服を脱ぎ、ビキニのブリーフまで脱ぎ捨てて全裸になった。

よく陽に焼け筋肉の浮き出した、頑健とまではゆかないが風にそよぐ岸辺のしなやかな植物を思わせる。強靭そうな肉体だ。そのムダな肉のない修行僧のような肉づきは、不思議と養父を思わせた。まるでセックスを一種の苦行と思いこんで朝に夕に、その苦行にのめりこまずにはいられない、現代の荒野に生きる修行僧。

下腹にくっつきそうなほど強い力によってそり返っている凌辱のための肉槍。その根元を摑んで、犬のように這わせた女のむっちりしたヒップを押さえつけておいて、臀丘の谷間に先端をあてがい、ぐいと腰を進める。

ひと突きで女は串刺しにされた。

「ああう、う——……！」

白い喉を亜梨紗に見せて頭をのけぞらせた泰子の顔は、殉教者のようだ。悲壮でなおかつ至福の陶酔を味わう者の顔。苦痛を快楽に変える秘術を心得た女だけが表現出来る淫らで神聖な顔。

（ああ、俊介さん。ひどいッ、私にこんなところを見せつけるなんて……）

まったく局外者の立場に置かれて、亜梨紗は熱い吐息と共に欲求不満の呻きを洩らした。

本来、あの肉槍は無慈悲に自分に突き立てられ内臓まで抉り抜かれるはずだったのだ。殉教者の栄誉がなぜ、この熟女に与えられるのだろう。

「あうう、うおー、おおお……！」

泰子の性感は豊かだ。ぐいぐいと抽送される肉槍に突き立てられながら、全身から脂汗が玉となって浮き出し、目は白目をむきだしにして焦点が定まらない。

「おい」

いきなりピストン運動を止めて、俊介が声をかけた。

「あッ、はい、何でしょうか、ご主人さま」

「おれの質問に答えろ。でないと動かしてやらん」

「はい、お答えします。どうぞ突いてください」

「聞くが、おまえは女とやったことがあるか……」

「ええッ、女性とですか……」

「そうだ、無いか」

しばらく口ごもる様子だった泰子が答を口にした。

「あります……」

恥ずかしそうに答えた。

「そうか」

いきなり俊介はカーペットの床にあぐらをかいた。泰子を向きあう姿勢にして座位で串刺しにした。

唇を吸い、豊かな胸を揉みたてながら跨がった姿勢の熟女の豊満な肉体を軽々と上下に揺すりたてる。泰子は鋭い快楽の声をあげて汗に濡れた裸身をそらす。

「よし、そいつを話せ。いつ経験した」

「い、い。いいッ。ああ、……今もです」

「ほう、レズのお相手がいるということか」

「ええ、はい。私はレズじゃないんですけど……」

「それなのにどうして」

喘ぎ呻きよがり声をあげては啜り泣くような女をあやすように扱う俊介の顔も、今は玉のように汗を噴きだしている。二人の結合部分からビチャビチュ、グチャッという摩擦音がひっきりなしに発生している。

「私のお店に来る上客なんです。病院の院長夫人です」

――その四十代半ばの夫人は有閑マダムの典型のようだ。しかも気位は高く、チヤホヤされないと機嫌が悪く、扱いにくい客である。しかし高価な輸入ものランジェリーや補正下着を、一度に十万、二十万と買ってくれる上客だから、どんな無理にも応じるようにしている。

「ある日、見るからに何かイヤなことがあったらしい様子でお店に来たのです」

幾つかの品を物色してから、いきなりランジェリーショップの色っぽい女経営者に質問した。

「どんなふうに見えるか、私がいちいち試着するのは面倒だから、あなた、私のかわりに試着してよ。なに、色づかいを見るだけだし、体形はほとんど同じでしょう」

仕方なくわがままに応じることにした。それで高い下着が何品か売れるのなら、この上客のわがままにつきあっても損はないと計算してのことだ。

泰子は店のドアに「閉店」の札をかけカーテンをひいた。

試着室に入り、言われるままにいくつかのランジェリーを試着させられた。

しばらくして泰子は院長夫人の目的が分かった。商品を選ぶというより、泰子のような美人を裸にしていろいろなポーズをとらせ、命令に従わせて悦にいりたいのだ。

遂に耐えられなくなった泰子がもうやめるというと、院長夫人はいきなり財布を出して四十万円ほどを泰子の頰に叩きつけた。

「もし私が頼むことに応じてくれたら、これだけの金額の品を買ってあげる。どう？　する、しない？」

それは自分の秘部に接吻し、舌と唇で奉仕する行為のことだった。

女同士のクンニリングスなど一度も経験のない泰子にとって、ふつうの状態では想像も出来ないことだった。男性なら女性の秘部を魅惑の中心と思うだろうが、女性から見ればそこは生理出血、尿、おりものなどで汚れた部分でしかない。牡を昂奮させる匂いかもしれないが、同性にとっては悪臭でしかない。

だが札束を目の前にしては話は別だ。

店員も置けない小さな規模のランジェリーショップはいつもギリギリの資金ぐりでやっている。その月は売り上げが悪く、資金ショートは目前だった。子供を養っている未亡人にとっては辛い状況だ。院長夫人が本当にそれだけの品を買ってくれるなら大助かりだ。

「結局、私、目を瞑って『舐めます』と答えたのです……」

高価な香水を使っていたが、有閑マダムの秘部からは魚の腐ったような悪臭がした。その匂いで夫も他の男たちも寄りつかないのだろう。

「その時、私、なにか雷に打たれたような感じがしました。この人のお××こを舐めるのが私に課せられた運命なんだ、って……」

泰子は要求されたとおり全裸になった。スリップ一枚の姿でパンティを脱いだ夫人の前に跪いて情熱的な接吻を浴びせ、悪臭の液を舐め啜り、子宮まで届けとばかり舌を使った。最初は吐き気を覚えた匂いも味も、やがて感じなくなった。気がついた時、相手は悶絶し、太腿できつく泰子の頭を締めつけて痙攣していた。

「気にいった。約束どおり買ってあげるわよ」

喜んだ女は約束した額の倍の商品を買い上げてくれて、その月、店はピンチを脱出した。

彼女はそれから毎月、一度か二度、彼女の店にやってくる。そのたびに泰子は店を閉め、狭い店内で真っ裸になり、院長夫人の言うなりに振る舞うのだという。

「す、すげえ話だな……。よし、ということは女同士の舐めあいは経験があるわけだ。だったら、その年増腐れマ×コより何倍も旨い汁を垂れ流している女がいる。そいつのを舐めるんだ。それを約束するなら、イカせてやる」

「ああ、何でもします。イカせてください」

「おう」

俊介は跨らせた女を激しく揺さぶりたてた。泰子はたちまち狂乱の叫び声をあげ、激しく暴れた。最後に喉首を締められて窒息死する殺人被害者のような声をあげて悶絶し、ぐたりと伸びて死んだようになった。

「おいおい、起きろ。約束は守れ」

意識をとり戻した泰子は不思議そうな顔をした。

「えッ、いまですか。どこにいるんですか、その人」

「ここにいる」

まだ射精していない俊介は、屹立したものを揺らしながら立ち上がった。

〝ボックス〟に歩み寄り、究極のミニ牢獄の扉を開いた。

その中に全裸の若い娘が緊縛されて押しこめられているのを見て、泰子はのけぞって驚嘆した。まるで縦にした棺桶のなかに緊縛された死体が入っているような光景だから、驚くのも無理はない。

「この女だ。ほら、ここはマ×コ汁がこれだけジュルジュルだ。旨そうだろうが」

「本当……」

泰子は驚きから醒めると、目を輝かして立ち尽くしている亜梨紗の前に跪いた。

「あッ」

亜梨紗は悲鳴をあげた。いきなり片足を持ちあげられ、泰子の肩に腿を載せるようにされたからだ。ふつうなら後ろに倒れてしまうところだが、この空間の中に押しこめられていては倒れようがない。下半身をボックスから引きずりだされる形になってしまった。

「おいしそう」

鼻をくんくん言わせ、舌なめずりするようにして、涎を垂れながらしている下の唇に吸いついてきた。

「あ。ああ、あああ」

亜梨紗にとっては生まれて初めての同性にされる体験だった。

「院長の奥さんとは比べものにならないわ」

巧みに舌を使い、歯でやんわりと嚙むようにしたりする。

亜梨紗の驚きの声は、すぐ、甘い歓びの声にかわった。

「うう、うーん、うー……ッ。あ、あう……ン」

（す、すごい。この人、上手……！）

やはり女同士だ。こうしたらこう感じるというのが分かるだけに、泰子の責め方は的確だった。

指が秘唇から滑りこんできて、膣の中をまさぐり、やがてツボを見つけると、ぐいぐい指の腹で圧迫し始めた。

「そ、そこは……、ああッ！」

泰子の指がズーンと子宮に響くような快感を生じさせる。それはかつて味わったことのない、子宮がドロドロに溶けるような甘美な感覚となって亜梨紗を圧倒した。

（こんな感じ方、初めて……。どうなってるの？）

亜梨紗は信じられなかった。

「あなたはGスポットが発達してるんです」

股間に奉仕する熟女が年下の女を見上げて言った。

「院長の奥さんも、指を入れてかき回してあげているうちに、悲鳴をあげるようにして、何度も潮を噴いてイッたんです。Gスポットが感じる人だったんですね。今は私がペニスバンドを着けて、会うたびに犯してあげてます。ふとあなたもそうじゃないかと思って……。やっぱりそうだったわ」

「これは見ものだ」

女が女に奉仕する魅惑的な光景に圧倒され、俊介は一歩引いて椅子に腰をおろし、自分の屹立する器官をおっ立てたまま、オルガスムスに達しようとする亜梨紗に見せつけるようにして、観客の立場で濃厚なレズビアン・ショーを愉しむのだった。

Gスポットを集中的に責められた亜梨紗は、狭い空間の中で強烈なオルガスムスを味わわされた。何度も腰を打ち揺すり、自分の愛液で泰子の顔をびしょ濡れにしながら、気が遠くなった。

ぐったりしたいとこがついにカーペットの床に伸びてしまうと、若者はおもむろに立ち上がった。

「そうか、亜梨紗姉さんは感じるGスポットの持ち主だったのか……。先生も、あなたの処女を奪うのが遅かったから、Ｖ感覚を開発する暇もなかった。なんともったいないことをしたのだろう」

　年下の美女に対する奉仕を終えた泰子は革の手錠をかけられた。

ドア横の柱に背をつけられるように立たされ、頭上のコート掛けに革手錠の鎖をひっかけられて両手吊りの姿勢で直立を強制された。

「おまえは、次の出番まで待っているんだ」

　熟女の口に彼女の穿いていたパンティを押し込み、目隠しをしてしまう。

ようやく正気にかえった亜梨紗は縄を解かれ、立ちはだかる若者の前に正座させられた。

「さて、いよいよあなたの番だ。なぜぼくがここに泰子を呼んだか分かりましたか」

　亜梨紗はうやうやしく頭を下げて答えた。

「はい。あなたはご自分が、伯父さまに負けないサディストで、奴隷のご主人さまの資格を持っていることを私に証明したかったのです。今は、かつてのような伯父さまに弄ばれていたペニスを持つ少女ではないということを」

　俊介は感心したように首を振ってみせた。

「では、それは証明されましたか」

　熱心に娘は首を縦に何度も振ってみせた。

「もちろんです。私があのボックスの中でどんなに泰子さんに嫉妬したか、分かりませんか」

「そうでしたか。それは嬉しいことだ」

にっこり笑った美青年は、下腹部から突き出て天を睨む肉の砲身を突きつけた。

「亜梨紗姉さん。これがあの日、あなたの処女を破ったペニスです」

泰子の唾液と愛液で濡れた、まだ少しも萎えていない欲望器官に、美しい娘はうっとりした表情を浮かべて見とれた。

「あの時は目隠しをされていました。いま初めて見るわけですね。美しい。逞しい。凜々しい……」

「では、奉仕しなさい」

「はい、ご主人さま」

ごく自然に言葉を発して、亜梨紗は唇を亀頭先端に押しつけ、いまさっき泰子の子宮を荒々しく突き立てた器官に、尊敬の念をこめて接吻した。

「驚いたな。あなたにはまだ誓約を求めていませんよ。……まあ、いいや。では、ぼくの膝に」

長い間憧れていた、血の繋がっていないいとこの全裸を、頭が左側にくるように膝の上に伏せさせた。亜梨紗は臀部を突きあげるように逆V字に体を折った姿勢で頭を下に、両手は床につけてバランスをとるようにした。濡れた下腹に熱い若者の欲望器官があたる。

若い牝の、発情した芳香をたっぷりと嗅ぎ、ずっしりとした肉の重みを感慨深げに受け止めた俊介は、眩しく輝く白い臀丘を右手で撫でた。

「この尻だ。先生がいつも見とれて、宝物でも扱うように撫で回し、残酷に打ち叩いていたのは……。ぼくはこのお尻を見ながら何度、射精させられたことか」

七年ぶりに見、触れ、匂いを嗅ぐ若者は、その宝物の保存状態を確かめるかのように、長い間撫で、揉むようにして、さらには臀裂をぐいと割り広げ、アヌスのすぼまりを目と指で点検するのだった。

「ああ……」

女の最も秘めた部分をくまなく探索される全裸の国際線フライトアテンダントは、みるみるうちに白い肌を上気させて、甘い呻きを洩らしながらヒップを淫らに打ち揺する。そうすると下から突きあげる俊介の股間の器官と黒い秘毛の谷の部分が摩擦し、心地よい感触を両者に与えるのだ。

「では、長いこと夢みた願望を、叶えさせていただく」

俊介は左手で亜梨紗のくびれた胴を押さえ、右手をふりかざした。

「うぬ」

一瞬、悪鬼の顔になって、美青年は残酷な平手打ちを左の臀丘に浴びせた。

バシッ！

泰子の肌がたてたのとは微妙に違う打擲音が炸裂した。

「あッ」

若者の膝の上でビクンと跳ねる裸身。

「なんていい手ごたえなんだ。夢が叶った」

さらに右手がふりかざされ、勢いよくふりおろされる。

ビシッ！

遠目には大理石を磨いて作られたのではないかと思えるような、艶やかで吹出物も見えないなめらかな双丘の、今度は右の丘に一撃が加えられ、また悲鳴があがり、肉がうち震える。

「あなたは先生を捨て、汐見を捨て、ひいてはぼくを捨てた。その罰です。心して受けなさい」

みるみるうちに赤い色を浮き立たせるなめらかな肌を見つめ、俊介は言った。

「はい、私はたぶん、恩知らずの性悪女なのでしょう。どうぞ気のすむまでお仕置きしてくださいませ。あ、あうう！」

ビシビシと残酷なスパンキングを受ける亜梨紗は、頭の芯まで抜けるような激痛を味わいながら、同時に子宮が痺れるような欲望の滾《たぎ》りを覚えていた。秘唇から愛液が溢れるのが自覚される。

（これを望んでいたの。長いこと。こうやって私を罰してくれる残酷なご主人さまの、私を痛めつけるスパンキングを……）

打たれるたびに頭を持ちあげ、赤い唇から悲鳴を迸らせ、喘ぎ、悶え、呻き、溢れる涙で頬を濡らす若い娘は、同時に、自分の肉体を専横な主人に委ね、思うがままに蹂躙される歓びに浸っていた。

強烈な平手打ち数十打の懲らしめを受けたあと、汗まみれの亜梨紗はようやく彼の膝からおろされ、床に這わされた。いまや両方の尻朶は赤紫色に染まり、まるで火がついたような灼熱感で裸女を苦しめている。

「さあ、長い間求めてきたものを与えてやった。お礼をしなさい」

椅子に浅く腰かけ、ふんぞり返るように両足を広げた俊介は、股間にそびえ立つ分身器官を誇示して命令した。餌を与えられた飼い犬のようにいそいそと、彼の股間に這い進んだ亜梨紗は、両手でうやうやしく熱い、怒張した肉を捧げもった。

「失礼します」

尊敬と服従の思いをこめて、二十五歳の娘は三歳年下の若者の牡器官に接吻し、透明な液をとろとろと溢れさせている先端部に舌をあてた。

美しく魅力的ないとこに舌と唇の奉仕をさせる若者は、喘ぎ、驚きの声を洩らした。

「く、うう……、む。先生の教え、忘れていませんね。そうだ、これです。舌の裏側まで使うテクニック。ぼくも徹底的に教えこまれたからよく分かる。これは泰子もかなわない……。しかし、なんという巡りあわせだろう。同じ男に奉仕した者が、今度は求め求められる関係になるとは……」

俊介は緊張をとき、亜梨紗のフェラチオを心ゆくまで楽しむことにした。

亜梨紗は彼の片足を持ちあげて自分の肩に載せ、彼の睾丸にまで手を伸ばし、舌を這わせて、時には大きく口を開けてふくろをすっぽりと口にくわえこんで熱い息を吹きかけながら舌で微妙な刺激を与えるという、プロの娼婦も顔負けのテクニックを駆使し始めていた。

（驚いた。こんなこと、伯父さまと別れてから誰にもしたことがなかったのに……）

縛られたり、同性に秘部を吸われ弄られたり、さらにいとこの手で強烈なスパンキングを受けたせいだろうか、亜梨紗の体は七年前の奴隷の記憶を完全にとり戻していた。

やがて、若者は亜梨紗の口唇奉仕によって激しく昂ぶり、それはどんどん高まって限界点へと達していった。

「では、ご主人さまのエキスをやろう。奴隷のつとめだ、一滴もこぼすな」

彼はそれまでキツツキのような往復運動をしていた亜梨紗の頭を両手で鷲摑みにして静止させ、今度は自分の腰を激しく突き動かした。肉のピストンを打ちこまれる亜梨紗は、彼の堰が切れる瞬間を逃さなかった。

「あう」

呻いた瞬間、力強く吸う。尿道を通常の倍のスピードで精液が駆け抜けた。

「うむ、むッ！」

俊介は強烈な射精感覚を味わった。まるで自分の肉欲中心部が溶鉱炉のようにどろどろに溶け、その液状になった肉に亜梨紗が深くストローを刺し、吸い込んで呑み干してゆく。魂までがとろけるような快美きわまりない陶酔感と幸福感が、若者の五体を宙に浮遊させた。

いつもなら花火のように弾け、急速に醒めるのが、吸われ続ける限りいくらでも精液が尿道を駆け抜けてゆき、快感は果てることがない。

「むうう、うーッ、うううう……」

ようやく最後の一滴まで呑み干された俊介は、それが養父の教えこんだテクニックなのだと悟った。

（そうか、あの人はよく、射精の瞬間に強く吸うようにと、何度もぼくに訓練を繰り返させ

たものだ。そうだったのか、こういう快感が味わえたわけか)

生まれて初めて味わう、魂までとろけて吸いだされてしまったような快感だった。自分の養父が、どれほどセックスの美食家だったかを、あらためて思い知らされた。ただ、俊介自身は健吾から弄虐されていた時、このテクニックを使われたことはない。

健吾は養子にした美少年を女装させ、手や器具で嬲り責めて、呻き悶えながら精液を噴きあげる姿を見るのが好きだった。少女と見紛う肉体が牡のしるしである射精を遂げる、その倒錯した光景を愛したようだ。

自分で咥え、舌の刺激を与えるところまではやってくれたが、口で俊介の精液を受けるのは好まなかった。精神と肉体の奥から同性を愛したわけではなかったからだ。

ともあれ、欲望の緊迫状態が解けたことで、亜梨紗を徹底的に征服するための時間的余裕がまた生じた。

すみやかに欲望器官を回復させるには、やはり悲鳴と絶叫、悶え苦しむ女体を眺めるのが、一番、効果的だ。

俊介は立ち吊りにしていた泰子を前手錠のまま床に這わせた。

その横に、後ろ手縛りにした亜梨紗を正座させ、体を前に、頭が床に着く姿勢で尻をつき出させた。

全裸の女が二人、双丘を彼に向けて平伏している。どちらの秘裂からも白い液はとめどなく溢れて内腿を濡らし、糸をひいてカーペットに滴り落ちている。彼女たちの被虐の欲望のとめどない深さに、俊介は感心するよりも空恐ろしささえ覚えたほどだ。二人とも、養父がそこまで仕込んだ。

亜梨紗は、もう一度ここへ戻ってきたら、養父の魔力に惹かれて二度と脱出出来なくなる危険を覚えて七年間も遠ざかってきた。

(その父が逝ってしまっても、魔力は消えなかったということだ)

健吾が、ふだんは本棚の隙間に隠しておいた乗馬鞭をとり上げ、ひゅッと素振りをくれながら、俊介は四つの尻朶を見下ろした。どちらも彼のスパンキングを受けて赤く、ところどころドス黒いまでに染まっている。二人とも肌の色が白くキメが細かいがゆえの性質だ。肌の色が黒くなるにつれ、スパンキングや鞭打ちの痕跡はつきにくく消えやすい。

「おまえたちのケツで、ご主人さまを楽しませるのだ。泣け、叫べ！」

暴君と化した若者は、まず泰子の臀丘をしたたかに叩きのめした。

パシーン！

「ギャーッ！」

スパンキングとは比較にならない衝撃を受け、苦痛を味わわされた熟女の裸身が床から跳ねあがった。豊満な肉がぶるんと揺れる。

次は亜梨紗だ。

ビシーッ！

「うああ！」

絶叫してガクガクと裸身をうち揺する若い娘の裸身。

（なんという快楽。二人の女を並べて打つなど、父でさえ試したことはないのでは）

俊介は一打ごとに女たちが見せる苦悶の表情、叫び声、呻きながら悶える裸身の表情を楽しみながら鞭をふるった。筋状の鞭痕は臀丘ばかりではなく、背中から腿の後ろ、時には足の裏にまで達した。

たちまち室内には女たちの熱気と汗の匂いが満ちた。一人の悲鳴が終わらないうちに、もう一人の悲鳴が重なる。悲鳴と絶叫の二重奏を奏でながら、俊介は心の底までサディストの快楽を愉しんだ。

息もたえだえの状態で女たちがカーペットに突っ伏すと、ようやく俊介は鞭を捨てた。

「では、奴隷同士で楽しむがいい。今度は亜梨紗姉さんが泰子に奉仕するんだ」

泰子が仰向けに横たわった。その上にシックスナインの姿勢で亜梨紗が這う。

俊介に眺められながら、亜梨紗は年上の女の大ぶりな秘唇のあわい、白い液を滾々と溢れさせる源泉に顔を埋め、それを啜り、しこった肉芽に熱烈な接吻を浴びせた。

「ああ、あー、感激です。こんなきれいなお嬢さまにお××こを舐められるなんて夢みたいです。うう、あーッ」

あられもなく歓喜の声を吐き散らす熟女は、やがて負けじとばかりに顔の真上にある亜梨紗のもう一つの唇に吸いついていった。亜梨紗の愛液を泰子が呑み、泰子の愛液は亜梨紗が啜った。

(思いもかけないことだ。こうやって二人の奴隷を得られるとは……)

妖しくも淫らなレズビアンの濃厚な秘儀に耽る二つの女体を眺めながら、額の汗を拭う俊介は、感慨に耽った。

あと半年したら、彼は修士号を得て日本に戻り、東京の聖グロリア学園の大学で研究者としての人生をスタートさせる。この家屋敷、他の不動産を相続した今、俊介には経済的な問題はない。

(考えてみれば、これも父のおかげだといえる……)

実は、教育学部の学部長が、健吾の個人授業の教え子で教育学部に進んだ生徒の、奴隷として調教された正体を見抜き、自分の愛奴としてしまったのだ。

そのことは健吾の耳に入り、自慢話として俊介の耳にも吹きこまれた。

カリフォルニアでまとめた論文を、その学部長にあてて送ってみたのは、たぶん彼のことを、自分の愛奴を調教した人物の息子として覚えているだろうと思ったからだ。

その人間を少しでも知っているのと無縁なのとでは、論文を見るにしても熱意が違う。はたせるかな、学部長から色よい返事が得られた。一度、大学の中に入りこんでしまえば、周囲を籠絡して自分の地歩を固めるなど易しいことだ。

本来の俊介は、養父も亜梨紗も知らないことだが、狡猾と言ってよいほど思慮深く、緻密に計算をしながら人を籠絡してゆくタイプだ。人は彼の美貌から柔弱な性格だろうと先入観を抱いてしまうが、成人してからの俊介はもっとタフな意志を鍛えることに成功していた。体力に自信の失せた養父が、しきりに帰国を奨めてくるのを無視し続けたのもその一つだ。

アメリカでは、美貌で人心を揺さぶり、必要とあればゲイの権力者に体を与えても欲しいものを手にいれる術を身につけてきた。

そして最後の手段は、いま父の机の抽斗にある勃起促進剤だ。

「バイアグラで勃起力がとり戻せるというが、最近のおれは不整脈がある。医者からは禁止されているんだ」

日本の父親からぼやかれ、

「それならバイアグラにかわって心臓に影響のない勃起促進剤を見つけてあげよう」

そう答えて、彼は心臓病患者にも無害だという二、三の薬剤を送ってやった。そのうちの一つが効く、という回答を得て、俊介の頭に閃くものがあった。

彼はバイアグラを砕いて粉末状にし、それを無害だという勃起促進剤のカプセルの中に詰めた。カプセルは三十錠。

いつかは、健吾はそのカプセルを、中身はバイアグラと知らずに使う。カリフォルニアにいて俊介は、義父が偽装カプセルを服用する日を待ちかねていた。

どれだけの効果が起きるものか、半信半疑だったが、たった一回の服用で健吾は心臓発作を起こしてしまった。医師は検死解剖によってバイアグラが検出されたのを知り、「なぜ、自分の忠告をきかなかったのか」と嘆いたが、健吾は知らなかったのだ。自分は無害な勃起促進剤を服んでいるとばかり思っていた。

泰子の体と繋がった状態で死んだ瞬間も、まさか養子がそのような陰謀で自分を葬ったなどと気づきもしなかったはずだ。

（まあ、父も十分愉しんだはず。おれをあれだけオモチャにしたのだから、早めに引退して家督を譲るのが当然だ）

それが俊介の論理だった。自分が見つけ、引き取り、教育を受けさせた養子の冷血さに、健吾は最後まで気づかず、それが命を縮めた。

（神も許してくれる。それでなかったら、どうして亜梨紗姉さんがおれの手に落ちるのだ。これは神の加護だ）

自己中心的な若者は椅子から立ち上がった。彼の分身器官はとっくに回復して対空砲のように宙を睨んでいる。

――亜梨紗は書き物机の上に仰向けに横たえられた。両足は机の縁から垂れ下がる姿勢で、女の中心は完全にぱっくりとさらけ出される。

「亜梨紗姉さん……」

若者はあまりの神々しさに一瞬、目の前の女体を犯すのをためらったかのようだが、意を決して凌辱者と化してのしかかった。

何年かの年月を経て、まるで血を分けた姉弟が巡りあったかのように、二つの肉が結合した。ズンという衝撃を受けて、亜梨紗の喉から快美の呻き声が放たれた。

ふかぶかと貫いてから、喘ぐような声で俊介は言った。

「亜梨紗姉さん。結婚してください。ぼくのマゾ妻になってください」

「いやです」

感激の涙を流しながらいとこに征服された美しい娘は答えた。

「どうしてですか」

「妻になどなりたくありません。私は奴隷でいたいのです。奴隷になれと言われたらなりましょう。いえ、奴隷にさせてください」

この瞬間を長いこと待ちわびていたのだと俊介は思った。

「よろしい、では奴隷として一生、ぼくに仕えるのです」

「分かりました、ご主人さま。誓います」

熱い液で満ちた亜梨紗の性愛器官を、若者は母親だと思った。

長いこと離ればなれだった息子の帰還を歓喜して迎え、二度と離さないとでも言うかのように抱きしめる母親。彼の脳裏に展開したイメージは、それは錯覚というにはあまりにも生々しいものだった。

（おれの母親は、このひとの体の奥深くにいたのだ……！）

若者は歓喜して、締めつける襞肉の奥へさらに激情を打ちつけていった。

「ああッ、嬉しい。ご主人さまぁあ！」

亜梨紗の喉奥から歓喜の声が噴き上げた。しっかりとしがみついてくる汗まみれの肉体。汗に汗がまじり、呻きに呻きが混じる。

再びコート掛けに吊るされた泰子は、戦慄しながら、同時にうっとりとした目で、獣と化したカップルの融合を眺めていた。

若者たちは肉を溶けあわせた瞬間から、ここがどこなのか、今がいつなのかを忘れた。
そばにいる泰子の存在も消え、世界は二人だけのものになった——。

この作品は二〇〇〇年十月マドンナ社より刊行された『亜梨紗・二十五歳肛虐に啼いて……。』を改題したものです。

GENTOSHA OUTLAW BUNKO

伯父様《おじさま》の書斎《しょさい》

館淳一《たてじゅんいち》

平成23年12月10日　初版発行

発行人――石原正康
編集人――永島賞二
発行所――株式会社幻冬舎
〒151-0051東京都渋谷区千駄ヶ谷4-9-7
電話　03(5411)6222(営業)
　　　03(5411)6211(編集)
　　振替00120-8-767643
印刷・製本―図書印刷株式会社
装丁者――高橋雅之

幻冬舎アウトロー文庫

ISBN978-4-344-41791-5　C0193　　O-44-16